少年读

封神演义 ③

[明]许仲琳 原著
知书 编著
苏拾叁 绘

民主与建设出版社
·北京·

©民主与建设出版社，2022

图书在版编目（CIP）数据

少年读封神演义.3/（明）许仲琳原著；知书编著；苏拾叁绘.--北京：民主与建设出版社，2022.9
ISBN 978-7-5139-3963-8

Ⅰ.①少… Ⅱ.①许… ②知… ③苏… Ⅲ.①章回小说－中国－明代 Ⅳ.①I242.4

中国版本图书馆CIP数据核字（2022）第168987号

少年读封神演义.3

SHAONIAN DU FENGSHEN YANYI 3

原　　著	［明］许仲琳
编　　著	知　书
绘　　者	苏拾叁
责任编辑	董　卉　金　弦
特约策划	徐芳宇
封面设计	阳蜜蜜
出版发行	民主与建设出版社有限责任公司
电　　话	（010）59417747　59419778
社　　址	北京市海淀区西三环中路10号望海楼E座7层
邮　　编	100142
印　　刷	大厂回族自治县德诚印务有限公司
版　　次	2022年9月第1版
印　　次	2023年1月第1次印刷
开　　本	880毫米×1230毫米　1/32
印　　张	5
字　　数	116千字
书　　号	ISBN 978-7-5139-3963-8
定　　价	128.00元（全3册）

注：如有印、装质量问题，请与出版社联系。

周军东征

西岐将领

- 文王之子二十人
- 女将两人
- 西岐四贤八俊十二人
- 大将黄飞虎等二十八人
- 督粮官：杨戬、土行孙、郑伦
- 左哨：南宫适（后由魏贲继任）
- 右哨：武吉
- 后哨：哪吒
- 前哨：黄天化

西岐 → **金鸡岭** → **汜水关** → **界牌关** → **穿云关**

- 准提道人降孔宣
- 黄天化丧命
- 陆压道人斩余元
- 三教相会破诛仙阵
- 准提道人收法戒
- 魏贲丧命
- 黄飞虎率领十四将来攻
- 杨任破瘟瘴阵
- 洪锦率领九将来攻

金鸡岭
- 商将——孔宣、高继能

汜水关
- 商将——韩荣、余化、韩升、韩变
- 截教仙人——余元

界牌关
- 商将——徐盖、王豹、彭遵
- 截教仙人——法戒

穿云关
- 商将——徐芳、马忠、龙安吉
- 截教仙人——吕岳、陈庚

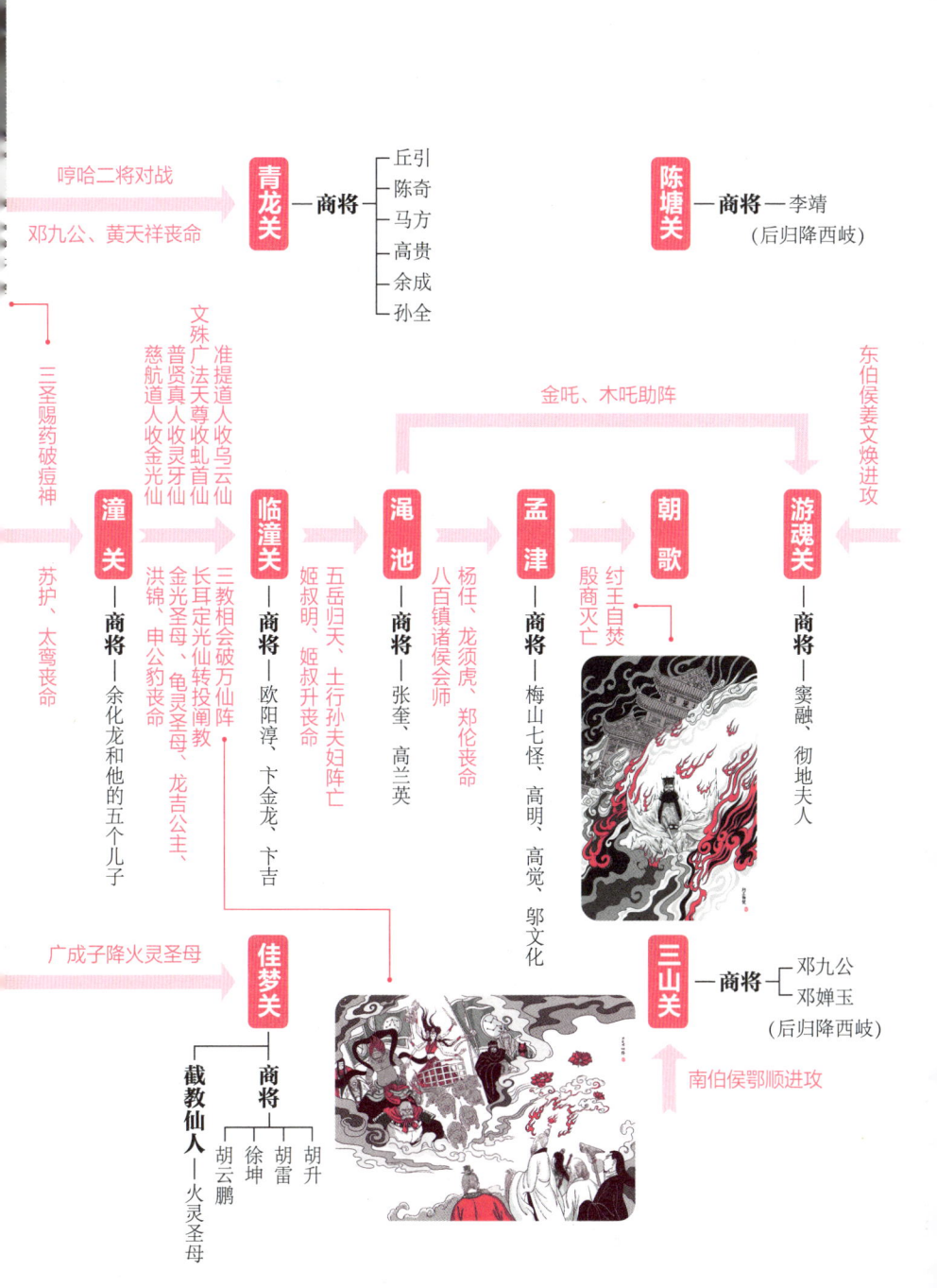

```
哼哈二将对战                    ┌ 丘引
─────────────────→  青龙关 ─ 商将 ─┤ 陈奇
邓九公、黄天祥丧命              │ 马方
                                │ 高贵
                                │ 余成
                                └ 孙全

陈塘关 ─ 商将 ─ 李靖
               （后归降西岐）
```

潼关 ─ 商将 ─ 余化龙和他的五个儿子

临潼关 ─ 商将 ─ 欧阳淳、卞金龙、卞吉

渑池 ─ 商将 ─ 张奎、高兰英

孟津 ─ 商将 ─ 梅山七怪、高明、高觉、邬文化

朝歌 — 纣王自焚 殷商灭亡

游魂关 ─ 商将 ─ 窦融、彻地夫人

三山关 ─ 商将 ─┬ 邓九公
              └ 邓婵玉
               （后归降西岐）

佳梦关 ─ 商将 ─ 截教仙人 ─ 火灵圣母
              ┬ 胡升
              ├ 胡雷
              ├ 胡坤
              └ 胡云鹏

三圣赐药破痘神
苏护、太鸾丧命

准提道人收乌云仙
文殊广法天尊收虬首仙
普贤真人收灵牙仙
慈航道人收金光仙

三教相会破万仙阵
长耳定光仙转投阐教
金光圣母、龟灵圣母、龙吉公主、洪锦、申公豹丧命

五岳归天、土行孙夫妇阵亡
姬叔明、姬叔升丧命

杨任、龙须虎、郑伦丧命
八百镇诸侯会师

金吒、木吒助阵

东伯侯姜文焕进攻

南伯侯鄂顺进攻

广成子降火灵圣母

目录

六十八	姜子牙东征	001
六十九	兵阻金鸡岭	005
七十	准提道人收孔宣	010
七十一	西岐三路分兵	015
七十二	三进碧游宫	021
七十三	兵困青龙关	029
七十四	哼哈二将显神通	035
七十五	土行孙被抓	042
七十六	郑伦取氾水	046
七十七	老子化三清	050
七十八	大破诛仙阵	054
七十九	穿云关四将被擒	061
八十	杨任破吕岳	064
八十一	潼关遇痘神	068
八十二	大会万仙阵	073
八十三	三大师收狮象犼	080

八十四 兵取临潼关	085
八十五 邓芮归周主	090
八十六 五岳归天	093
八十七 土行孙夫妻阵亡	098
八十八 白鱼跃龙舟	103
八十九 纣王敲骨剖孕妇	108
九十 捉神荼郁垒	113
九十一 火烧邬文化	117
九十二 杨戬除妖	121
九十三 袁洪之死	126
九十四 智取游魂关	130
九十五 文焕怒斩殷破败	133
九十六 大战纣王	136
九十七 子牙擒妲己	139
九十八 纣王自焚	142
九十九 鹿台散财	146
一百 姜子牙封神	148

六十八 姜子牙东征

金台拜将之后,武王问姜子牙:"相父哪天出兵?"

姜子牙说:"大王,现在我们有六十万大军。等老臣训练完毕,立刻出发。"

第二天,姜子牙来到教场,开始点将。他对军政司辛甲说:"你去把南宫适、武吉、哪吒和黄天化请上台来。"四人来到台下。

姜子牙说:"这次东征,你们四人担任先行官,分别挂前、后、左、右四印。"说完子牙拿出四个阄,让他们来抓。结果,黄天化抓得前哨先行官,武吉是右哨,南宫适是左哨,哪吒是后哨。

姜子牙又任命杨戬、土行孙、郑伦三人分别担任第一、第二、第三督粮官,负责粮草供应。

姜子牙接着点将。其中包括黄飞虎等二十八人,西岐四贤八俊十二人,文王之子二十人,以及女将两人。此时的西岐,才人济济,良将如云,可谓占尽了天时地利人和。

点将完毕,军政官把十二阵牌抬上台来,只见上面写着:

一字长蛇阵　二龙出水阵　三山月儿阵　四门斗底阵
五虎巴山阵　六甲迷魂阵　七纵七擒阵　八卦阴阳子母阵
九宫八卦阵　十代明王阵　天地三才阵　包罗万象阵

黄飞虎、邓九公和洪锦三位将军负责率领将士操练十二阵。

武王问姜子牙:"大军东征期间,国家内政和外务交给谁比较合适?"

姜子牙说:"内政可以托付给上大夫散宜生。老将军黄滚历练老成,军国大事可以托付给他。"武王听了大喜,完全放下心来。

纣王三十年三月二十四日,姬发辞别母后太姒,和姜子牙带领六十万大军离开西岐,朝着五关进发。

大军过了燕山,来到首阳山下,遇到了伯夷和叔齐。

伯夷和叔齐站在道路中央,拦住队伍,大喊道:"你们是哪里的人马?请你们的主将出来说话。"

武王和姜子牙来到队伍前面,四人见面各自行了礼。

伯夷问:"不知道武王和子牙公带领军队要去哪里?"

姜子牙回答:"纣王无道,残害忠良,屠杀百姓。现在八百镇诸侯在孟津会盟,我们也去参加。"

伯夷说:"俗话说,子不言父过,臣不彰君恶。纣王是国家的君主,虽然做得不对,你们作为臣子的也不该出兵反抗。"

姜子牙见武王沉默不语,大义凛然地说:"两位所说的话,我并非不知道。只是为了天下苍生着想,我军必须站出来讨伐纣王,拯救朝歌百姓于水火。你们不要把罪名归到武王头上,一切后果由老夫一人承担。"

伯夷和叔齐还不肯让开,反而跪在道路中央,阻止大军前进。有几个士兵非常生气,拔剑要杀了他们。姜子牙急忙阻止,说:"不可以鲁莽,他们都是忠义之士。"说完,让几个强壮的士兵把两人扶到路边去了。

后来,伯夷和叔齐两人拒绝吃周朝的粮食,在首阳山采薇充饥,最后活活饿死。

大军过了首阳山,就来到了金鸡岭。

前方探马回报:"元帅,金鸡岭有一支人马阻拦了我们的去路。"

姜子牙下令先安营扎寨,并派出左哨先行官南宫适率军上前挑战。

南宫适来到阵前,高声大喝:"你是什么人,敢拦阻西岐大军?"

敌军将领身跨一匹黑马,手提长枪,大声回答:"我叫魏贲。你是什么人?要往哪里去?"

南宫适说:"我家元帅前往征讨殷商,你却阻挡大军的去路!还不吃我一刀!"

说完两个人刀枪相接,打在一起。见三十个回合下来还无法得胜,南宫适有些心急了,谁知一慌神,被魏贲一把抓住袍带捉住了。

魏贲说:"我这次放你回营,不伤你性命,快点去请姜元帅出来相见。"

南宫适回到营中,把自己被捉又被释放的事情告诉了姜子牙。

姜子牙见首战失利,且左哨先行官被俘,担心动摇了军心,于是忍痛下令将南宫适以军法处置,命令士兵把他推出去斩首。

魏贲见南宫适要被斩首,大叫一声:"刀下留人!请姜元帅出来见面,我有要事商量。"

姜子牙听了对方的这番话觉得奇怪,便带黄天化、哪吒、雷震子和韦护四人来到阵前。

姜子牙问:"你要见我有什么事?"

魏贲滚鞍下马,对姜子牙说:"末将久闻元帅大名,早想投奔。今天听说姜元帅率大军东征,特意领着部下在此等候元帅,希望能够效犬马之劳。如今看到元帅的队伍威严整齐，训练有素，末将更是满心佩服。希望元帅能够收留末将！"姜子牙大喜。

魏贲又说："南宫适将军刚才一时失手，请元帅刀下留人。"

姜子牙说："南宫适出师不利，理应斩首。所幸遇到魏将军，打败仗又变成了一件好事。既然如此，就由你代替南宫适担任左哨先行官。南宫适削去官职，之后立功赎罪。"

再说洪锦降周的消息传到了朝歌。纣王大吃一惊："姬发逆贼，竟然猖獗到这个地步！"他看了看满朝大臣，急切地问："众位爱卿有什么良策可以消除西岐的大患？"

中大夫飞廉上奏道："姜尚是昆仑山的左道之士，不是寻常的将士可以应对的。臣建议起用三山关总兵孔宣为将。他擅长五行道术，一定可以剿灭西岐的叛贼。"

圣旨传到三山关，孔宣接到命令，立刻点了十万人马，率军开拔。大军晓行夜宿，饥餐渴饮，很快就到了汜水关。

汜水关总兵韩荣出城迎接孔宣，说："元帅来迟了！"

孔宣问："为什么来迟了？"

韩荣说："姜子牙三月十五日金台拜将，现在大军已经杀出西岐。"

孔宣哈哈大笑："来得好，我还可以少走些路。"他马上吩咐士兵急速前进，赶往金鸡岭堵截姜子牙。

魏贲

封神榜上的黄幡星。原本是山野武将，擅长使用长枪，不懂法术。投靠西岐后，顶替南宫适担任左哨先行官。最终战死于界牌关下的菡萏阵。

六十九 兵阻金鸡岭

孔宣率领大军来到金鸡岭，探马回来禀报："周兵快到岭下了。"

孔宣立刻下令："大军在岭上安营扎寨，阻止周军继续前进。"

姜子牙正率领大军前进，听人来报前方有商军堵截，感到十分奇怪："已经有三十六路人马攻打西岐，怎么又来了一支队伍？"他掐指算来，恍然大悟："之前只来了三十五路，眼下这支人马才是最后一路。看来又有一番恶战了。"

孔宣在金鸡岭等了三天，姜子牙的军队才到。孔宣看着手下众将，问："谁愿意前往周营打头阵？"

先行官陈庚站了出来："末将愿打头阵！"孔宣答应了。

陈庚骑马下岭，来到周营前面挑战。前哨先行官黄天化跨上玉麒麟出营迎战。两个人大战三十回合，黄天化佯装败退，回手扔出火龙镖，将陈庚打下马来，杀死了他。

姜子牙见黄天化旗开得胜，心中大喜，给黄天化记了首功。

次日，孔宣派孙合前来挑战。武吉主动请缨，催马迎战。

孙合问："来者何人？"

武吉回答："我是姜元帅门下右哨先行官武吉。"

孙合耻笑他说："你师父是个渔翁，你又是个樵夫，师徒二人正好应了那幅'渔樵问答'的画啊!"

武吉大怒:"匹夫不得无礼!"说完,挺枪就刺。

孙合认为武吉是樵夫出身,武艺一定不高。他哪里知道武吉在姜子牙的调教下,早已经把枪法练得出神入化。三十回合后,武吉一枪刺死孙合。

孔宣听说孙合也阵亡了,心中很不高兴。他对将士们说:"我本打算带着你们建功立业,没想到接连损失两员大将。现在哪位愿意前去挑战西岐?"

高继能自告奋勇说:"末将愿意前往!"

哪吒见黄天化已经立了首功,早就按捺不住,不等姜子牙问,就主动请缨。

哪吒脚蹬风火轮,挺着火尖枪和高继能打了十个回合,然后暗中祭起乾坤圈砸了过去。哪吒立功心切,没有瞄准,乾坤圈只是砸伤了高继能的肩膀。高继能带伤逃回了营地。

第二天,孔宣亲自率领大队人马来到两军阵前。

姜子牙见孔宣身后有青、黄、赤、白、黑五道光芒,知道对方是个有道之士。

孔宣对姜子牙说:"姜尚,你本是殷臣,却和姬发勾结,拥兵自立。本帅如今奉命征讨叛军,你们如果下马投降,回到西岐乖乖听命于朝歌,本帅就留你们一条性命。否则我将灭了西岐!"

姜子牙大笑道:"夏桀无道,才有成汤伐夏。如今纣王比夏桀更加昏聩,当然可以讨伐。"

孔宣说:"既然你自寻死路,不要怪我!"说完,纵马舞刀砍向姜子牙。

这时洪锦从后面杀出,抵挡住孔宣。

孔宣看到洪锦，大骂："你这逆贼，还敢出来见我！"

洪锦说："现在天下八百镇诸侯都已经归周，凭你一个人恐怕也无力回天！"

两个人打了不到十个回合，洪锦变出旗门。孔宣笑着说："雕虫小技也敢拿出来显摆！"说完，用身后的黄光把洪锦收走了。

周营众将见洪锦一下子不见了踪迹，只剩下一匹马，都大吃一惊。

邓九公催马舞刀来战孔宣，十五六个回合后，姜子牙祭起打神鞭打孔宣。哪知道孔宣身后红光一闪，把打神鞭也收走了。

姜子牙见孔宣道法高超，只好鸣金收兵。他回到营帐后闷闷不乐，心想："此人身后有五道光华，一定是五行之状。不知道洪锦现在怎么样了。"

姜子牙叫来哪吒、黄天化和雷震子，让他们三人天黑后偷袭孔宣的军营。

孔宣回到大帐，把五色神光一抖，只见洪锦昏睡在地上，人事不省。孔宣命令士兵把洪锦囚禁起来，又把打神鞭收了起来。

天黑时，一阵大风吹进孔宣的营地。孔宣掐指一算，知道姜子牙今晚会派人来劫营，就让高继能和周信两个人分别把守左、右营门。

二更时分，西岐的三路人马从三个方向杀向商营。

孔宣独自坐在帐中，不慌不忙地上马迎战。他看到哪吒，大笑着说："哪吒，你这次别想侥幸取胜了！"说着两个人杀得难解难分。

雷震子带人冲击右营，遭到周信的阻挡。由于半夜漆黑一片，雷震子在天上飞来飞去，周信根本看不清，结果被雷震子一棍打死了。

雷震子战胜了周信，飞到中营援助哪吒。孔宣独战两人，毫无惧色，只见他用黄光和白光先后把两个人收走了。

黄天化在左营遇到了高继能的队伍。两个人大战三十回合，高继能抵不住黄天化的两柄大锤，只好逃跑。黄天化在后面紧追不放。高继能无法脱身，就展开了法宝蜈蜂袋。

一时间蜈蜂成堆成团地飞了出来，玉麒麟的眼睛被叮了一下，痛得它一下子立了起来，把黄天化摔到地上。高继能趁机举枪刺死了黄天化。可怜黄天化还没过五关，就死于非命，灵魂飞到了封神台。

姜子牙一夜没有合眼，只听到岭上杀声震天。天亮后，探马惊慌失措地禀告："姜元帅，黄天化的首级被挂在商军辕门，其他二将不知所终。"姜子牙大吃一惊。

黄飞虎听说儿子遇害，放声大哭。南宫适安慰道："黄将军不要悲伤。令郎为国捐躯，一定会万世流芳。当务之急是破解高继能的妖法。末将认为崇黑虎是最合适的人选。"黄飞虎听了强忍着悲痛，辞别姜子牙，去崇城找崇黑虎助阵。

黄飞虎骑着五色神牛经过一座高山，看见山下有三员猛将在厮杀。一人手持八楞熟铜锤，一人使五爪烂银抓，一人拿一柄五股托天叉，他们一边打一边哈哈大笑。

黄飞虎很好奇，不自觉地来到一旁观望。其中一人看到黄飞虎，大喊道："二位贤弟停下武器。"此人来到黄飞虎面前，问："你看起来好像武成王？"

黄飞虎说："我正是黄飞虎。"

三人一听，都躬身行礼，说："今天能够遇到黄将军，实在三生有幸。"原来三人分别叫文聘、崔英、蒋雄,连同黄飞虎和崇黑虎,五人正是将来的五岳之神。此次相遇可谓是机缘巧合。

文聘问黄飞虎:"大王这是要去哪里?"黄飞虎便把子牙拜将伐纣,途中遭遇孔宣、儿子黄天化被杀,自己此行前去请崇黑虎帮忙的事说了一遍。

文聘说:"崇侯恐怕不会答应前往。"

黄飞虎问:"怎么回事?"

文聘说:"崇侯最近在操练人马,打算兵进陈塘关,前往孟津与天下诸侯会盟。"

黄飞虎说:"幸亏遇到三位,否则又要误事。"

崔英说:"文兄说得虽然有理,但崇侯兵进陈塘关,也要等武王发兵以后。大王先在山中休息一夜,明天我们兄弟三人陪着大王去请崇侯。"

次日,四人来到崇城。崇黑虎听说黄飞虎来见自己,亲自到殿外迎接。等到黄飞虎说明来意,他立即答应帮忙。

于是五岳带上崇城的大队人马来到金鸡岭。姜子牙大喜,连忙设宴款待他们。

第二天,五岳一起来到阵前,点名要高继能出战。

高继能看着五个人,大笑着说:"哪吒、雷震子都不是我们的对手,就凭你们五个,能有什么本领?不要白白送死!"

五岳大怒,一齐出击,把高继能围困在中心。

孔宣

原形是瞠目细冠红孔雀,曾任殷商驻三山关总兵,拥有法力高强的五色神光,五行内无物不收。后来被西方准提道人降伏,获封孔雀大明王,成为准提道人的坐骑和门人。

准提道人收孔宣 七十

高继能被五个人围攻，逐渐体力不支。他暗中展开了蜈蜂袋。

只见无数的蜈蜂飞出，一会儿就遮天蔽日。黄飞虎等人大吃一惊，打算撤退。崇黑虎哈哈大笑，说："不要害怕，看我的法宝！"他打开背后红葫芦的盖子，从里面飞出了数不清的铁嘴神鹰。一瞬间，铁嘴神鹰把蜈蜂吃得一干二净。

高继能大怒："竟敢破我的法术！"他话音刚落，就被黄飞虎一枪刺死。

孔宣见高继能被杀，披挂上马，来战五岳。

黄飞虎大骂："孔宣，你逆天行事，免不了一死！"

孔宣笑着说："我实在懒得和你们这样的人废话。"他被五个人围在当中，暗想："先下手为强，免得被他们暗算。"于是，把五色神光一闪，五岳便全部被收走。

姜子牙听到消息，大惊道："虽然杀了高继能，但是我们损失了五员大将。"他无计可施，只好按兵不动。

在两军僵持的时候，第一督粮官杨戬带着粮草来到金鸡岭。他向姜子牙禀告："姜元帅，三千五百石粮草全部运达。"

姜子牙说："你督粮有功，计大功一件。"

杨戬问："师叔，大军怎么才走到这里？"姜子牙便把当下的处境说给杨戬听。

杨戬听说黄天化阵亡，十分难过，对姜子牙说："明天弟子拿照妖镜照一照这个孔宣，看看他到底是个什么妖怪。"

第二天，姜子牙带领门人向孔宣挑战。杨戬暗中掏出照妖镜观看，只见镜子里有一块五彩玛瑙在闪烁。杨戬暗中惊奇，不知道是什么东西。

孔宣见杨戬用镜子照自己，大笑："杨戬，大丈夫做事要光明磊落，不要偷偷摸摸的。本帅可以让你看个清清楚楚！"

杨戬被孔宣说破，便骑马来到军前，举起镜子来照。可照妖镜里的东西一点变化也没有。孔宣见杨戬不言不语，只是用镜子照自己，不禁大怒，纵马舞刀杀出阵来。杨戬见照妖镜照不出他的本尊，与他交战半天也不能获胜，心里十分着急，连忙祭起哮天犬，扑向孔宣。孔宣红光一闪，把哮天犬收走了。

韦护祭起降魔杵助阵，结果宝杵也被孔宣收走了。

李靖大骂："孔宣匹夫，不要猖獗！"祭起三十三天玲珑金塔砸向孔宣，却连人带塔都被收去。

金吒和木吒见父亲被抓，一起冲上前去。一个使出遁龙桩，一个飞出吴钩双剑，两人连带兵器照旧都被收去。

姜子牙见这一战损失了许多门人，不禁心生怒火，催开四不像来战孔宣。

三个回合后，孔宣身后闪出青光。姜子牙见势不妙，急忙展开杏黄旗。这杏黄旗是玉虚宫的法宝，比别的法宝厉害。只见旗身一展开，立即出现千朵金莲，护住子牙，孔宣的青光根本不起作用。

邓婵玉趁机飞出五光石砸中孔宣的面门，龙吉公主也祭起了鸾飞剑砍伤孔宣的左臂。孔宣忍痛逃回军营。

姜子牙回营，见门人之中只剩下杨戬，心中十分忧闷："我师父在金台拜将时，曾经说'界牌关下遇诛仙'，如今为什么在此地损兵折将？"

武王见出师不利，担心三军将士遭遇不测，于是劝说姜子牙率领大军撤回西岐。姜子牙被说得动了心，传令将士，当晚打点行装准备班师回国。

就在周军准备撤退时，陆压道人突然出现。

姜子牙连忙出来迎接，他见陆压气喘吁吁，问道："道兄为何如此惊慌？"

陆压说："贫道听说你要撤兵，这才急忙赶来。你万万不能撤退，否则功亏一篑，门人都要被杀！"姜子牙被陆压道人的一番话惊住了，暂时打消了撤退的念头。

第二天，陆压来到阵前迎战。孔宣对陆压说："料你一个草木愚夫，能把我怎么着？"

两个人大战三十回合后，陆压取出斩仙飞刀。孔宣见了，轻轻一闪，用神光将它收走。陆压见势不妙，化作一道长虹飞回军营。

陆压摇着头对姜子牙说："孔宣果然厉害，不知道是何方神圣。如果贫道没有化作长虹，也要被他收去。"姜子牙见陆压都无法战胜孔宣，心里更加担忧起来。

孔宣每天都来到周营外面辱骂，姜子牙只是闭门不出。

这一天，第二督粮官土行孙押送粮草来到。他听到孔宣在营前百般辱骂，不由得大怒，径直跑到阵前大骂道："你这逆贼，竟然侮辱我家元帅！"

孔宣不认识土行孙，见对方是个矮个子，大笑道："你是个什么东西？"土行孙也不答话，举棍就打。

土行孙在孔宣的马腿下面钻来钻去，不一会儿就把他累得汗流浃背。孔宣大怒："你这个该死的匹夫，本帅下马收拾你！"

姜子牙听说土行孙在外面和孔宣恶斗，唯恐土行孙有什么闪失，急忙让邓婵玉前去援助。

土行孙惯于步战，而孔宣是个马上将军，下马之后反而束手束脚，因此多次吃亏。孔宣心里着急，又使出了五色神光。土行孙虽然不知道阐教已有多人被神光收走，但眼见神光迅速异常，知道厉害，急忙把身子一扭，钻进土里。

孔宣见土行孙瞬间不见了踪迹，不由得大吃一惊。邓婵玉趁机飞出五光石，又一次正中孔宣的面门。孔宣受伤，慌忙逃跑。邓婵玉趁机又飞出一块五光石，砸中孔宣的后颈。

土行孙夫妻见孔宣被打败，兴高采烈地回营禀报姜子牙。

姜子牙听了大喜过望，为他们记上大功一件。

孔宣因为被邓婵玉打伤三次，第二天指名要邓婵玉出战。姜子牙对邓婵玉说："你连伤孔宣三次，他怎肯善罢甘休，还是不要迎战为好。"于是吩咐士兵高悬免战牌。

又过了一天，燃灯道人来到军营。他已经知道了西岐大军面临的困境，特地赶来相助。姜子牙有了燃灯道人帮忙，传令让人拿掉了免战牌。

孔宣看到周军撤下免战牌，立即提刀上马，来到营前挑战。这时燃灯道人飘然而出。孔宣见了燃灯道人，笑着说："燃灯道人，你是清净闲人，不要到红尘搅这浑水。"

燃灯道人说："你既然认得我，还不快快投降，不要再助纣为虐了。"

孔宣冷笑道："燃灯，我开天辟地的时候就出世了，功力不低于你。"

燃灯道人骂道："你这孽障，自恃法术高强，不把别人放在眼里，日后定有你后悔的时候。"孔宣听了大怒，挥刀砍向燃灯。

燃灯道人祭起二十四颗定海珠，孔宣抖出神光，宝珠便都被收走了。燃灯大吃一惊，又祭起紫金钵盂，结果也被孔宣背后的神光收走。燃灯道人急忙大喊："门人快来助阵！"只感觉半空中刮起一阵大风，一只大鹏雕突然出现。

孔宣见大鹏雕飞向自己，急忙射出一道红光阻挡。燃灯道人睁开慧眼观看，只能看见一片红光，随即听见天崩地裂的声音。两个时辰后，只听一声巨响，大鹏雕落下云头。

孔宣又打算用神光捉燃灯。燃灯道人见势不妙，借一道祥光逃回军营。

大鹏雕对燃灯说："弟子在空中看到五色祥云护住了孔宣，隐隐约约看到对方也有两只翅膀，不知道是什么鸟。"

就在大家不知所措的时候，军政司进帐来报："辕门外有一个道人求见。"姜子牙和燃灯一同出来迎接。只见此人头绾双抓髻，面黄身瘦，手里拿一根树枝。燃灯不认识这个人。

道人看到燃灯，高兴地说："道友请了！"

燃灯急忙还礼："道兄从何处来？"

道人笑着说："我是准提道人，从西方来，到东方两度有缘人。孔宣与我西方有缘，如今专程来带他回去。"

燃灯道人听了大喜："道兄前来，实在是武王之幸。前次多亏道兄，广成子才借到了青莲宝色旗。"

于是，准提道人出营来会孔宣。

七十一 西岐三路分兵

准提道人来到阵前,点名叫孔宣出战。

孔宣不认得准提道人,问:"你是谁?"

准提道人笑着说:"贫道与你有缘,特来邀你一同前往西方极乐胜境,演讲三乘大法,修成正果,成就金刚不坏之身,岂不是好事一桩。"

孔宣大笑:"真是一派胡言。"说完,挥刀砍向道人。

准提道人取出七宝妙树轻轻一刷,孔宣的大刀立即飞到一边。孔宣急忙举起金鞭,也被七宝妙树刷走。孔宣现在两手空空,心里着急,连忙从背后撒出红光,笼罩住准提道人。

燃灯道人以为准提道人也被收走,心中暗叫不好,却又看见孔宣突然睁大双眼,张开嘴,身上的袍甲顷刻间变得粉碎,连人带马被头上现出的圣像压倒在地。那尊巨大的圣像有二十四颗头,十八只手,每只手里都握着一件宝贝。

准提道人大喝一声:"道友还不现出原形,更待何时!"霎时间,孔宣变成了一只细冠红孔雀。准提道人骑着孔雀辞别姜子牙和燃灯道人,回到西方去了。

孔宣的人马现在已经没了主将,纷纷投降。杨戬来到商营,释放了门人,取回了各自的法宝。燃灯道人、陆压道人、崇黑虎也都告辞回府,杨戬则继续外出催粮。

西岐兵分三路

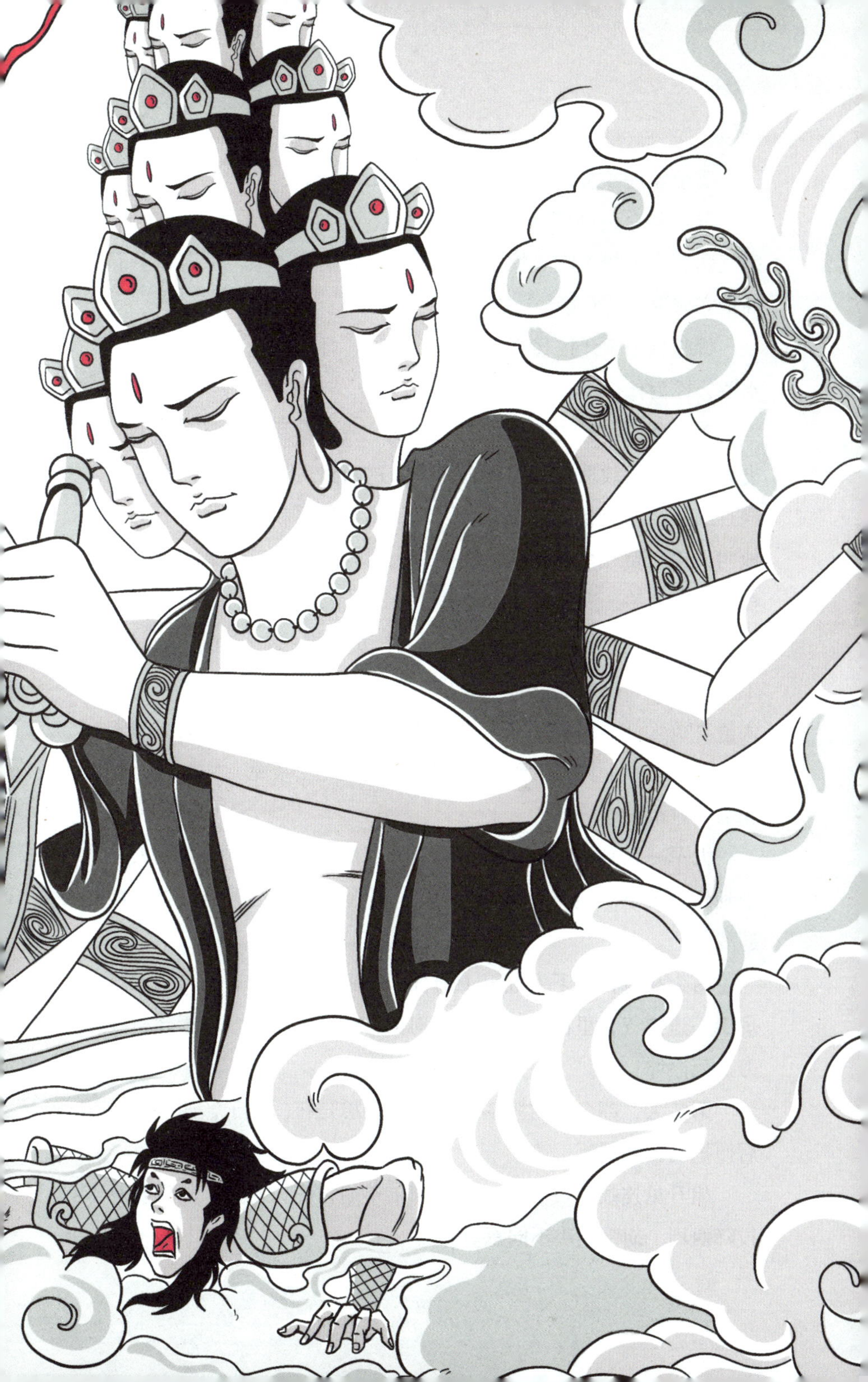

姜子牙传令大军继续前进，一直来到氾水关。

氾水关总兵韩荣从城上向下一望，只见西岐大军队形整齐，杀气腾腾，不禁大吃一惊。他一面写信向朝歌告急，一面和手下商量守城退敌的对策。

哪吒见姜子牙按兵不动，好奇地问："师叔，我们已经来到氾水关，你为什么不派人出营挑战？"

姜子牙说："现在还不能打草惊蛇。我打算兵分三路，派出两支人马分别去攻取佳梦关和青龙关。这两路人马的统领必须是身经百战、德才兼备的英雄，所以非黄飞虎将军和洪锦将军不可。"他叫人请来黄飞虎和洪锦，让两个人抓阄分路线。结果，黄飞虎抽到了青龙关，洪锦则是佳梦关。

黄、洪二人各率领十万大军出发。黄飞虎的先行官是邓九公，手下有黄明、周纪、龙环、吴谦、黄飞豹、黄飞彪、黄天禄、黄天爵、黄天祥、太鸾、邓秀、赵升、孙焰红这些大将。洪锦的先行官则是季康，手下有南宫适、苏护、苏全忠、辛免、太颠、闳夭、祁恭、尹籍。

大军一路翻山越岭，将士们士气高涨。不久，洪锦带领人马来到佳梦关下。他先派季康打头阵，佳梦关总兵胡升派大将徐坤迎战。

两个武将在城下大战五十回合，季康口中念念有词，头上就现出一道黑气，里面显现出一个狗头，把徐坤咬伤。季康趁机挥刀杀死徐坤。

第二天，苏全忠对阵胡云鹏。苏全忠是将门虎子，四十回合后便把胡云鹏刺死。

胡升见连损两员大将，急忙和弟弟胡雷商讨对策。胡升打算投降西周，胡雷坚决不同意。

第三天，胡雷披挂上马，迎战南宫适。

两个人两马相交，双刀并举，杀得难解难分。四十回合时，南宫适卖了个破绽，胡雷探身挥刀砍来，南宫适不经意地让开，又伸手抓住了胡雷。

胡雷被抓回营中，但他拒不投降，大骂洪锦是个忘恩负义的逆贼。洪锦大怒，下令把胡雷斩首示众。

洪锦和南宫适正饮酒庆祝，忽然听见士兵来报告："胡雷又来讨战！"两个人大吃一惊，来到辕门外查看，果然是胡雷在叫嚷。

南宫适披挂上马，见了胡雷说："你这妖人，用旁门左道之术迷惑我，不要走！"不超过三十回合，胡雷又被南宫适捉回。

可即使捉住了胡雷，还是杀不了他。洪锦不知道对方使用的什么法术，一时不知道如何是好。龙吉公主听说了这件事，对洪锦说："这都是雕虫小技，我来破他。"只见公主取出三寸五分乾坤针插在胡雷的泥丸宫上，破解了胡雷的妖法，这才将他斩首。

胡升听说弟弟被杀，大惊："我弟弟不听我劝告，才有了这杀身之祸。看来殷商的气数果然到头了。"他急忙写了一封投降信，命人送到洪锦手里。

洪锦看完胡升的信，心中大喜，重赏了使者，请使者转达"明日进关"的口信。胡升收到消息，连忙下令撤下城楼上的殷商旗号，竖起西周的旗号。

正在这时，士兵来报："将军，外面有一个穿红衣的道姑求见。"胡升不知来者何人，让人请入。

道姑见到胡升，自报家门说："我是丘鸣山的火灵圣母。胡雷是我徒弟，现在死在洪锦手里，这个仇不能不报！你怎么能投降呢！"

胡升急忙说："不知道师父驾到，有失远迎！弟子不是不想为弟弟报仇，只是弟子才疏学浅，势单力孤，不是洪锦的对手。况且如今天下人都心向西岐，纵使弟子这次守住了氾水关，日后还是会被攻破。弟子不想让军民白白受到牵累，不得已只好投降。"

火灵圣母说："既然如此，我也不强迫你改变志向。只是我此次下山，一定要为弟子报仇。你立刻把城上的旗号换回来，我自有安排。"胡升没有办法，只好照办。

洪锦正准备入关时，听到探马来报，佳梦关上又换回了殷商的旗号，不禁大怒："这个匹夫竟然出尔反尔，实在可恶！"

火灵圣母问胡升："关里有多少人马？"

胡升回答："三万。"

火灵圣母说："你挑选三千人给我，我亲自到军场教他们演练阵法，然后才能派上用场。"

胡升挑选出三千人交给火灵圣母。火灵圣母让他们都穿上红色的衣服，披散头发，光着双脚，在每个人背后贴上"风火"符印，整日教他们操练。

七天后，火灵圣母骑着金眼驼，带着三千名火龙兵来到城下。她一见洪锦，大骂道："洪锦，我是火灵圣母。你杀了我徒弟胡雷，今天特来找你报仇雪恨！你要是下马受死，我可以饶了你手下的人。"说完提着太阿剑冲过去，洪锦连忙挥舞大杆刀迎战。

两个人打了五个回合，洪锦打算用旗门遁对付火灵圣母。哪知道火灵圣母拿掉头上包裹的黄头巾，露出一顶金霞冠，顿时射出万丈金光，照得洪锦睁不开眼睛。火灵圣母趁机举起宝剑，砍伤了洪锦。洪锦带伤逃跑，火灵圣母指挥火龙兵杀进西周军营。

火龙兵势不可挡，周兵在慌乱中自相践踏，死伤不计其数。

龙吉公主见军营烈焰冲天，打算念咒救火，也被火灵圣母的金光照到，继而被圣母砍伤。

三进碧游宫 七十二

这一仗下来，洪锦损失了一万多名将士。夫妻两人收拾残军，急忙向姜子牙写了一封求助信。

姜子牙收到洪锦的信，大吃一惊。他把军中的事务交给李靖处理，带上韦护和哪吒，率领三千人马直奔佳梦关。

姜子牙见到洪锦，责问道："你身为统帅，理当见机行事，怎么会让将士们遭受这么大的伤害，令全军蒙受损失呢？"

洪锦解释道："元帅，本来胡升已经准备投降，可半路杀出来一个叫火灵圣母的人。火灵圣母头顶

火灵圣母

封神榜上的火府星君。截教多宝道人门下弟子，精通火系法术，兵器为一柄混元锤和两口太阿剑，坐骑是金眼驼，头戴法宝金霞冠，能放出三四十丈金霞光，让自己隐身，使对手睁不开眼睛。

的金霞冠照得我们睁不开眼睛，因此才被她伤害。"

姜子牙听罢，心想："看来又遇到了旁门左道。"

火灵圣母听说姜子牙也来到了佳梦关，心中大喜："正好趁机把姜子牙消灭。"她骑上金眼驼，暗自带火龙兵出关，来到周军阵前要求姜子牙出来应战。

姜子牙看到火灵圣母，说："道友，你既然是修道之士，就应该知道封神榜的事情。我是奉玉虚之命讨伐纣王，道友尽早回到仙山，免得伤了和气。"

火灵圣母冷笑着说："姜尚，你那套鬼话还是去骗别人吧。贫道今天要为弟子报仇！"说罢，催开金眼驼，仗剑刺向姜子牙。

哪吒和韦护从左右一齐杀出。三个人把火灵圣母围在当中。火灵圣母哪里抵挡得住三人的接连进攻，连忙用剑挑开头上的黄头巾，金霞冠又发出金光，把三个人照得花了眼。火灵圣母趁机挥剑砍伤了姜子牙。

姜子牙催开四不像逃跑，圣母命令火龙兵冲进周营。副将们失去了主将，乱作一团，周军损失惨重。

火灵圣母在姜子牙身后紧追不舍，取出混元锤击中姜子牙的后心，把他打下四不像。她从金眼驼上跳下来，打算取姜子牙的首级。

在这个紧急关头，一个人唱着歌出现。

火灵圣母仔细一看，原来是广成子。她大喊："广成子，这不关你的事，不要插手！"

广成子笑着说："贫道奉玉虚符命，在此地等候多时了。"

火灵圣母大怒，仗剑砍去。两个道人一来一往，打了二十回合。火灵圣母又故技重演，金霞冠射出耀眼金光。可她不知道广成子早已做好了准备，他身上穿着扫霞衣，把金光扫得一干二净。

火灵圣母大发雷霆："广成子，你竟然敢破我的法宝！"广成子摇了摇头，祭起了番天印，把火灵圣母打倒在地，一道灵魂飞进了封神台。

广成子收了番天印和金霞冠，把一粒丹药放进姜子牙口中。一个时辰后，姜子牙苏醒过来，他看到广成子来了，急忙起身感谢："如果没有道兄相助，我性命休矣。"

广成子说："不要谢我，这都是师父的安排。子牙保重，我去碧游宫归还金霞冠。"

姜子牙与广成子告别，赶回佳梦关。半路上，突然刮起一阵怪风，吹得树林左摇右晃，海水翻滚汹涌。风云涌动中，只见申公豹骑着老虎挡住去路。狭路相逢遇恶人，姜子牙暗自叫了一声："不好！"他心中斟酌了一番，便决定先进树林躲一躲。

可申公豹早已看见了他，大喊："姜子牙，你往哪里去？"

姜子牙无奈地转身，说："贤弟从哪里来？"

申公豹不怀好意地笑了笑："姜子牙，上次有南极仙翁救你，才让你侥幸逃脱，这次你可跑不了啦！"

姜子牙说："贤弟，我和你无冤无仇，你为什么屡次三番要害我？"

申公豹生气地说："姜子牙，上次就是你让白鹤童子叼走了我的头，害得我差点送命。这个仇怎能不报！"说着提起宝剑朝子牙砍来。

姜子牙一边举剑招架，一边说："师弟，你真是刻薄的人。我和你同门学艺四十年，你为何毫不顾念情谊。况且上次你在昆仑山用幻术作弄我，南极仙翁出手相助，叫白鹤童子叼走你的头，是我向南极仙翁求情,他才让白鹤童子把你的头放下来。"

申公豹说:"姜尚,你不要再强词夺理了,今天就是你的死期!"说罢,又挥剑刺向姜子牙。

姜子牙见对方不听劝告,自己又重伤未愈,只好催开四不像向东逃跑。申公豹在后面紧追不舍。

快追上时,申公豹打出一枚开天珠,正中姜子牙后心。姜子牙立即摔下四不像。就在申公豹拔剑要杀姜子牙的时候,惧留孙突然赶到,大喝一声:"申公豹,我来了!不得无礼!"

申公豹见惧留孙来帮忙,吓得赶忙逃跑。惧留孙微微一笑,祭起捆仙绳,把申公豹捆得结结实实。然后叫来黄巾力士,把申公豹押到麒麟崖看守起来。

姜子牙吃了惧留孙给的丹药,又坐了片刻,身体逐渐恢复了。他谢过惧留孙,骑上四不像赶回了佳梦关。

惧留孙驾起纵地金光法回到玉虚宫,正好看见两个童子举着白幡,两个童子手提香炉,后面两行羽扇依次排开,原来是元始天尊出宫来了。惧留孙上前拜见,对天尊说:"师父,弟子已将申公豹捉住关在了麒麟崖,等候师父发落。"

元始天尊听了,便来到麒麟崖。他看见申公豹,生气地说:"孽障,姜子牙和你有什么仇,你要找三山五岳的人马对付他?现在三十六路人马讨伐完毕,你还要杀他。如果不是我早已算到,姜子牙就被你害死了。你说,我该怎么处理你?"

申公豹赶紧求情说:"师父饶了我这一次吧!弟子如果再唆使别人去害姜尚,愿意把身体塞进北海眼。"

元始天尊见申公豹发誓不再为难姜子牙,便不再计较,只是对申公豹说:"你要记住自己的誓言。现在你走吧。"

再说广成子打死截教通天教主的弟子火灵圣母，带着金霞冠来到碧游宫，打算交还宝物。

通天教主正给弟子们讲经，听说广成子求见，让童子把广成子带进碧游宫。

广成子进入宫里，倒身下拜："师叔万寿无疆！"

通天教主问："广成子，你来干什么？"

广成子捧出金霞冠，毕恭毕敬地说："师叔，如今姜尚东征，兵至佳梦关。师叔的弟子火灵圣母依仗金霞冠屡次三番阻止周军东进。头一阵她伤了洪锦和龙吉公主，第二阵又险些杀了姜尚。弟子奉师命下山，多次劝阻火灵圣母，可她就是不听，反而要害我。弟子实在没有办法，只好使出了番天印，不承想要了她的性命。弟子此行特来送还金霞冠，向师叔请罪。"

通天教主说："三教在商议封神榜时，我教弟子有多人上榜。我曾多次告诫弟子不要擅自下山，他们却不听话，结果枉送了性命，这也怨不得别人。你回去告诉姜尚，他的打神鞭对上我那些私自下山阻挠

🔥 无当圣母

通天教主座下四大弟子之一。在万仙阵大战中，无当圣母奉师命先行撤走，为截教保留了一份生机。

三进碧游宫

他的门徒时，可以不用留情。你回去吧。"

广成子离开后，截教弟子都对师父允许姜子牙使用打神鞭对付自家弟子的事情愤愤不平，其中最愤怒的是金灵圣母和无当圣母。她们对其他道友说："火灵圣母是多宝道人的弟子，广成子打死了她，就像打了我们一样。现在他竟然还敢到碧游宫来送金霞冠，摆明了没把我们放在眼里。师父不但没有教训他，还允许姜子牙用打神鞭对付我们，但是我们不能任人欺负！"

龟灵圣母听了也勃然大怒："岂有此理，我这就去找广成子报仇雪恨！"

广成子见龟灵圣母来追赶自己，赔笑道："道友有何吩咐？"

龟灵圣母骂道："广成子，你害死我截教门人，还来碧游宫卖乖，分明是欺负我们。贫道来找你报仇！"

广成子急忙解释："道友误会了，我本无意害火灵圣母。但她一味要替弟子报仇，又使出金霞冠咄咄相逼，我情急之下才拿番天印对付她。"

龟灵圣母不听，仗剑

龟灵圣母

原形是万载灵龟，仓颉造字有龟文羽翼之形，那时化成人形，后来拜入截教通天教主门下修行，为截教四大弟子之一。性情率直，比较冲动急躁。

便刺。广成子急忙躲闪,严肃地说:"龟灵圣母,我是怕伤了两教的和气,才不愿和你动手。你不要欺人太甚!"

龟灵圣母不由分说,又刺出一剑。广成子也生气了,祭起番天印。龟灵圣母招架不住,被逼现出原形,原来是一只大乌龟。

截教弟子见龟灵圣母被广成子打出了原形,都十分羞愧,一起冲上前围攻广成子。

广成子被众人围攻,心想:"单丝不成线。我在截教的地盘上,寡不敌众容易吃亏,即便胜了他们,通天教主也会埋怨我。不如再去找通天教主,向他讨个说法。"

通天教主见广成子返回,问道:"广成子,你又回来干什么?"

广成子回答:"回禀师叔,您的弟子龟灵圣母连同其他门人围攻弟子,要为火灵圣母报仇。弟子无法脱身,才来找师叔求助。"

通天教主听了,问龟灵圣母:"你为什么追赶广成子?"

龟灵圣母回答:"广成子将火灵圣母打死,还来碧游宫交还金霞冠,实在是欺负我们截教无人。"

通天教主发怒了:"我是教主,行事自有道理。火灵不听我的话,擅自插手人间的事,已经自讨苦吃。广成子送还法宝金霞冠,不敢滥用我教法宝,何错之有?你不听我的话,出去寻衅滋事,罚你以后不许进宫听我讲道。"

通天教主的话再次引起了截教门人的愤怒。等到广成子出宫,他们又从后面赶来,打算再次围攻。广成子见截教众仙来者不善,实在没有办法,只好硬着头皮第三次进了碧游宫。

七十三 兵困青龙关

通天教主见广成子三进碧游宫,生气地说:"广成子,你怎么又回来了?真是一点规矩都没有!"

广成子说:"师叔,您的门人还是不放弟子离开,请师叔救命!"

通天教主勃然大怒,命令水火童子把弟子们全部叫进来,训斥道:"你们这些人不守规矩,连我的话也不听了!广成子,你先走吧,我看他们哪个还敢去追你。"

广成子急忙谢恩,离开了碧游宫。

不等截教其他门人开口,多宝道人出列禀告:"师父,广成子欺人太甚!他妄自夸耀他们玉虚教法,不把我们截教放在眼里,您不要被他的花言巧语欺骗了。"

通天教主说:"我看广成子是个正人君子,不会这么侮辱我教的。"

多宝道人说:"师父,弟子本来不想说,但事到如今,不得不据实以告。他们阐教的门人多次辱骂我们截教鱼龙混杂,还说我教弟子很多是兽类得道,不像他们阐教都是仙风道骨。"其他人趁机随声附和。

通天教主听了笑着说:"他们阐教的人竟敢这么说我的弟子,好吧,让他们见识一下我的厉害。"说完,让金灵圣母从后面取出四把宝剑,交给多宝道人,说:"你把这四把剑带到界牌关,摆出'诛仙阵',我倒要看看阐教的弟子哪个能破阵。"

多宝道人忙问:"师父,这四把宝剑有什么妙处?"

通天教主说:"这四把剑分别叫诛仙剑、戮仙剑、陷仙剑和绝仙剑。把宝剑倒悬在门上,发雷振动,就是历经万劫的神仙,也难逃此难!"说完又拿出一幅诛仙阵图。

多宝道人接过四把宝剑和诛仙阵图,来到界牌关等候周军。

而胡升听说姜子牙到了佳梦关,火灵圣母已死,急忙写信给姜子牙,请求投降。洪锦对姜子牙说:"胡升这人反复无常,元帅不可轻信,小心其中有诈。"姜子牙已有主张,他收下了降书,让来人转告胡升,明天将会率大军进关。

姜子牙带领大军进入佳梦关。他对胡升说:"你这个人反复无常,是个小人。之前投降后又反叛,虽然有火灵圣母在一旁怂恿,但毕竟也是你自己愿意。我如果留着你,将来一定是个隐患。"说完,命令手下把胡升斩首示众。

🔥 多宝道人

截教通天教主门下四大弟子之一,火灵圣母的老师。曾挑拨通天教主,引发截教与阐教大战。在诛仙阵中被老子捉住,最终皈依西方教。

子牙平定了佳梦关，不久启程返回汜水关。李靖率领众将在辕门迎接，武王特意安排了酒宴为子牙庆功。

再说黄飞虎带领十万雄兵到了青龙关，总兵丘引见对方来势凶猛，连忙和手下的几个副将开会商讨对策。这时探马来报，邓九公在城下索战，一个叫马方的副将当场提刀上马，下城迎敌。两个人在城下大战了三十回合，邓九公久经沙场，经验丰富，举刀劈死了马方。

丘引大怒，第二天亲自带领守军出城迎战黄飞虎。经过一番大战，丘引的四员副将全部阵亡，他自己也被黄天祥刺伤。丘引是曲鳝得道，化为人身。他回到城里，取出丹药一口吞下，伤势立刻痊愈。

第三天，丘引点名要黄天祥出战。

两个人打了三十回合，黄天祥看到丘引的头盔上突然露出了头发，知道对方会法术，担心纠缠下去会遭到暗算。他心生一计，把手里的枪抛到空中。丘引为了报前天的仇，趁机刺向黄天祥。黄天祥一闪身，丘引冲过了头。黄天祥举起银装锏，狠狠地刺向丘引，正中丘引前面的护心镜，把他打得口吐鲜血。

丘引逃回城里服用丹药，可这次伤势严重，不能快速痊愈。丘引对黄天祥恨得咬牙切齿，怎奈自己受伤，只好挂出了免战牌。

就在丘引闷闷不乐的时候，督粮官陈奇催粮回到青龙关。陈奇询问丘引："元帅，这几天战事胜负怎么样？"

丘引叹了口气，说："周军将士骁勇善战，我的副将们都被杀死。黄飞虎的儿子黄天祥还把我打成了重伤。"

陈奇安慰道："元帅尽管放心，末将为你报仇雪恨！"

次日，陈奇带领本部飞虎兵，坐上火眼金睛兽，手提荡魔杵，来到阵前叫战。周营邓九公主动请缨。两个人在军前大战了三十回合。邓九公刀法娴熟，陈奇渐渐招架不住。

这时，陈奇突然把荡魔杵举起来，他手下的飞虎兵立刻手持挠钩套索冲上来，看起来是准备捉拿对方。就在邓九公纳闷的时候，陈奇突然张开了嘴，喷出一口黄气。原来陈奇曾经得到异人的秘传，学会了道法，这股黄气可以让人魂魄自散。邓九公当场摔下马，被陈奇的士兵捉回了青龙关。

丘引见陈奇得胜归来大喜，命令把邓九公斩首示众。可怜邓九公还没见到诸侯在孟津会盟，就命丧九泉了。黄飞虎得知邓九公遇害，内心十分悲痛，连连叹息不已。

第二天，陈奇又领兵出战，用同样的法术捉拿了太鸾。

等到了第三天，黄天禄、黄天爵和黄天祥兄弟三人一起迎战陈奇。三个人都是将门虎子，枪法娴熟，围住陈奇一阵厮杀。陈奇的右腿被一枪刺中。

陈奇受了伤，勃然大怒，从嘴里喷出黄气，把黄天禄捉回了青龙关，关押起来。

丘引伤愈后，又出城找黄天祥报仇。黄天祥大喊："丘引，你这手下败将，今天就是你的死期！"两个人打了十个回合，丘引虚掩一枪，拨马逃跑。黄天祥在后面紧追不舍。

忽然间，丘引的头上现出一道白光，白光里面显现出一枚红珠，在空中滴溜溜乱转。丘引大喝一声："黄天祥，看我的法宝！"黄天祥立刻魂不守舍，一头栽下马来。丘引把他捉回了城。

黄天祥醒过来后，大骂道："丘引，你这逆贼用妖术捉我，不是大丈夫所为，我死不足惜！姜元帅会带兵拿下青龙关，到时候你这狗贼定会粉身碎骨，死无葬身之地！"丘引听了大怒，下令将黄天祥斩首,并把尸体挂在城楼上。

黄飞虎看到儿子惨死,大叫一声,昏倒在地。醒过来后,他急忙写信向姜子牙求助。

姜子牙收到信,得知邓九公和黄天祥阵亡,不禁大吃一惊。邓婵玉哭着说:"请元帅准许末将去青龙关为父亲报仇。"姜子牙点头同意了,又担心邓婵玉有什么闪失,派哪吒前去助阵。

哪吒的风火轮快,不一会儿就赶到了青龙关。他来到城下,看到了黄天祥的尸体,心中又悲又怒,大喊着让丘引出城。丘引不知道哪吒的厉害,仗着自己的法术高超,应声出战。

两个人打了三十回合,丘引的头上又升起白气,现出红珠。哪吒是莲花化身,并非凡胎肉体,当然不会受到影响。丘引不知道实情,大叫一声:"哪吒,看我的法宝!"

哪吒抬起头,大笑着说:"无知匹夫,这颗红珠有什么好看的。"丘引见法术失灵,大吃一惊,急忙转身逃跑。哪吒祭起乾坤圈,砸伤了丘引。

土行孙催粮回到子牙大营,不见邓婵玉,急忙询问缘故。他听说邓九公遇害后,心里十分难过,带上粮草到青龙关助阵。

天黑以后,土行孙借地行术潜入青龙关,把黄天祥的尸体偷回周营。丘引被哪吒打伤,心里已十分烦闷,又听说黄天祥的尸体不见了,更加生气。这时陈奇主动来请战,要为丘引报仇雪恨。

邓婵玉为报父仇,叫上土行孙,一同来到阵前迎战。土行孙见陈奇骑着火眼金睛兽,手里提着荡魔杵,知道对方是个会法术的人,于是大喊道:"你用旁门左道害死我岳父,此仇不报,誓不为人!"

陈奇见对方来的是一个矮个子和一员女将,根本没有把他们放在眼里，嘲笑道："杀你们恐怕污了我的手。"说完，催开坐骑，拎杵就砸。

土行孙在土里钻来钻去，陈奇根本就打不到。眼见一时无法取胜，陈奇大怒，张开嘴巴喷出黄气。土行孙一个站立不稳，跌倒在地，飞虎兵立刻冲上来把土行孙捉回城里。

邓婵玉见丈夫被抓，飞出五光石，砸伤了陈奇。陈奇痛得大叫一声"哎哟"，连忙逃回城里。丘引见陈奇被打得鼻青脸肿，询问缘由。陈奇说："末将当时正和这名周将厮杀，不小心被对方的女将用飞石打伤。"

丘引见土行孙貌不惊人，说："这样的人留着干什么，推出去斩首。"土行孙被带到了外面，刽子手刚举起刀，他就钻进土里，逃回到了周营。

丘引听说后，大吃一惊："周营里竟然有这样的能人，难怪征讨西岐的人都失败了。看来黄天祥的尸体就是被这个人偷走的。"于是下令加强防守。

丘引

商朝青龙关总兵，兵器为一把长枪。原本是一只曲鳝精，后来修成人形，头顶有一颗摄魂红珠，见到的人无不丧魂失魄。

陈奇

封神榜上的哼哈二将之一——哈将。武器是一根荡魔杵，座下有三千飞虎兵，坐骑是火眼金睛兽。张口一哈喷出黄气，能摄人魂魄。法术与哼将郑伦相似。

七十四 哼哈二将显神通

黄飞虎和土行孙等人正在研究对策时,郑伦押送粮草赶到。郑伦看到土行孙也在,好奇地问:"你是第二督粮官,怎么也来青龙关了?"

土行孙说:"青龙关有个叫陈奇的人害了我岳父。这个人一张嘴可以喷出黄气,对面的人就会立刻昏迷,和你鼻子里的白光很像。"

郑伦不服气地说:"岂有此理!当年我师父说我这个法术盖世无双,怎么会有人和我一样的法术?我明天出去会一会他。"

第二天,陈奇出城找邓婵玉报仇。郑伦请求出战。

陈奇见郑伦也骑着火眼金睛兽,手里提着降魔杵,后面跟着手持挠钩套索的士兵,不由得吃了一惊。

郑伦说:"我是督粮官郑伦。听说你有异术,特来会你!"说罢,举起降魔杵劈头就打。陈奇急忙举起荡魔杵抵挡,两个人杀得难解难分。

五十回合后,郑伦想:"对方会法术,我应该先下手为强。"于是把降魔杵一摇,他手下的乌鸦兵立刻准备好挠钩套索。陈奇见对方做出拿人的架势,自己也举起了荡魔杵。他的飞虎兵也做好了拿人的准备。

郑伦和陈奇几乎同时作法，一个哼出两道白光，一个哈出一道黄气。

两个人都摔下了火眼金睛兽。他们的手下顾不上拿人，各自七手八脚地营救主将。两个阵营的人都被眼前的场面弄得捧腹大笑。

郑伦回到军营，叹息说："没想到世间果然有和我法术相同的人，明天一定要和他决一雌雄！"

哪吒说："正好土行孙也在，不如我们天黑后斩断铁锁，打开青龙关，趁机攻下这座城池。"黄飞虎点头同意。

一更时分，土行孙潜入青龙关，释放了黄天禄和太鸾。二更天时，哪吒脚踏风火轮来到城下，祭起金砖打散守城的士兵，砸开了城门。周兵立即涌进城里。

土行孙、黄天禄和太鸾听到厮杀声，趁机从牢中杀出来。丘引慌忙上马迎战，被邓秀、赵升、孙焰红围在当中。土行孙挥舞铁棍把丘引打下了马，黄飞虎挺枪便刺。丘引见势不妙，急忙驾土遁逃跑。

陈奇和郑伦打得难解难分，丘引逃跑后，剩下他一个人孤军奋战。哪吒祭起乾坤圈砸伤了陈奇的胳膊，陈奇从火眼金睛兽上摔下来，被黄飞虎一枪刺死。

这场战斗周军几乎大获全胜，只是让丘引逃走了。黄飞虎鸣金收兵，查点士兵伤亡情况，贴出告示安抚百姓。等事情都安排妥当，黄飞虎派将领留守青龙关，又让哪吒先行前往汜水关告捷，随后自己率军班师回程。

姜子牙听说青龙关也已拿下，心中大喜。他对众将说："我之所以先攻打这两座关隘，是为了保障粮道畅通。否则我们过了五

哼哈二将显神通

关,如果被商军从后面断了粮道,就会不战自乱。"

众位将领听了都赞叹:"元帅神机妙算!"

等黄飞虎回到汜水关,姜子牙对全军将士论功行赏,想到邓九公、黄天祥却已经不在了,心中不禁泛起一阵酸楚。

第二天,姜子牙正式向汜水关的韩荣下了战书。韩荣收到战书,对手下将士说:"如今西周刚拿下佳梦关和青龙关,军威正盛。我们一定不能轻敌。"

次日,周营一声炮响,大军出了辕门。韩荣见周军军容整齐,姜子牙军令森严,不禁暗暗称赞。他对姜子牙说:"姜丞相,率土之滨,莫非王臣。你们怎么能动用无名之师来讨伐国君?"

姜子牙笑着说:"君不正,臣民就可以取而代之。这是天经地义的事情。如今纣王恶贯满盈,我们东征是顺应民意,吊民伐罪。"

韩荣大怒,派王虎出战。姜子牙则命令哪吒迎敌。王虎哪里是哪吒的对手,几个回合就死在哪吒的枪下。魏贲这时冲了出来,直取韩荣。魏贲的枪法势如猛虎,韩荣见王虎已死,内心已经慌了,本无心恋战,只得一边勉强对抗,一边撤回关内。

韩荣大败而归,知道自己不是姜子牙的对手,急忙写信向朝歌告急。

就在韩荣不知所措的时候,余化赶回了汜水关。韩荣看到余化,心中大喜:"将军自从战败离开后,黄飞虎得以侥幸过关。一转眼过了这么多年,他又伙同姜子牙,三路分兵,攻占了青龙关、佳梦关。如今将军及时出现,实在是我军的福气。"

余化说:"末将被哪吒打伤后,回到蓬莱岛找我师父炼制了一件法宝,保管让周军片甲不留!"

第二天,余化下城叫战。哪吒主动请缨。两个人是老对手了,哪吒一见余化，笑着说："手下败将又回来了。"余化羞愤交加，催开金睛兽来战哪吒。

余化知道哪吒得到太乙真人的真传，自己打不过他，就拿出了法宝化血神刀劈向哪吒。化血神刀快如闪电，一般中了刀的人会立即死亡。那刀来得太过迅猛，哪吒躲闪不及，中了一刀，大叫一声跌下风火轮。好在哪吒是莲花化身，没有伤及性命。

哪吒受伤回到军营，无法说话，只是不停地颤抖。这时，太乙真人派遣金霞童子把哪吒背回了乾元山。

余化得胜，心中大喜，次日继续挑战。姜子牙只好让雷震子迎敌。

雷震子振翅腾空，举起黄金棍砸向余化。余化抵挡了十个回合，又祭起了化血神刀，砍到了雷震子的风雷双翅。幸亏风雷翅是仙杏所化成，雷震子才没有毙命，但他逃回军营后也和哪吒一样颤抖不止。

姜子牙见余化连伤两个门人，心中闷闷不乐，下令挂出免战牌。

杨戬督粮来到军营，看到周营高挂免战牌，心中十分疑惑，来找姜子牙询问情况。他听说了详情后，请姜子牙摘下免战牌，自己出去迎战余化。

余化得知消息，兴高采烈地出城应战。两个人打了不到二十回合，余化祭起了化血神刀。杨戬早已做好准备，用八九玄功遁出元神，使化身接了余化的刀，他想看清楚刀上使用了什么毒物。

杨戬假装受伤回到军营，但他也不知化血神刀的底细，于是决定回山找师父问个究竟。

杨戬借土遁来到玉泉山金霞洞。玉鼎真人见徒弟回来，好奇地问:"你来有什么事吗?"

杨戬回答:"弟子和师叔现在在氾水关遇到一个叫余化的人。他用一把神刀砍伤了哪吒和雷震子,弟子依靠元功护体,才幸免于难。弟子特意回来向师父请教。"

玉鼎真人看了杨戬身上的刀痕,说:"这应该是化血神刀所伤。但凡被此刀砍伤,见血即死。好在哪吒是莲花化身,雷震子的翅膀是仙杏变化成的,而你又有元功护体,否则都活不成。"

杨戬急忙问:"那该如何化解?"

真人说:"我也破解不了。化血神刀是蓬莱岛余元的法宝。据说此刀是与三种神丹一起炼成的,要想解毒,一定要找到这些丹药。"真人思考了一会儿,想到了一条妙计。杨戬听后大喜,又借土遁来到蓬莱岛找余元。

杨戬变成余化的样子,径直上了蓬莱岛。他见到余元,倒身下拜。

余元好奇地问:"你不在氾水关,回蓬莱岛干什么?"

杨戬回答:"弟子帮助韩总兵对付姜子牙,用化

余元

蓬莱岛一气仙,金灵圣母的徒弟,余化的师父。坐骑为金睛五云驼,兵器是金光锉,法宝有如意乾坤袋、穿心锁等。肉体刀枪不入,水火无惧。

血神刀砍伤了哪吒和雷震子。在第三阵与杨戬对战时，不小心被他一指把刀弹了回来，砍伤了肩膀。弟子因此回来找师父求救。"

余元丝毫没有怀疑，立刻说："当初我用了三种丹药炼刀，如今刀已炼成，丹药我留着也没用，都给你吧。"杨戬心中暗喜，他接过丹药，辞别了余元。

杨戬刚走，余元忽然想起："杨戬有多大的本事，竟然能一指弹回我的化血神刀？再说余化如果受伤，怎么还能活着来见我？这里面一定有诈。"他掐指一算，才知道自己中计，急忙骑上金睛五云驼追赶杨戬。

杨戬正急着赶路，听见后面有人追赶。他回头一看，见来人是余元，急忙祭起哮天犬。余元一心只顾着追赶杨戬，没有提防，结果被哮天犬咬伤。他愤愤地说："杨戬，你等着，贫道这就去找你们报仇雪恨！"

姜子牙正在军营里发愁，听见杨戬回来，急忙迎了出去。杨戬便把化作余化得到丹药的事告诉姜子牙，姜子牙听了大喜。杨戬用丹药治好了雷震子，又让木吒把丹药送到乾元山给哪吒解毒。

第二天，余化又出来耀武扬威。杨戬出战，大喝一声："余化，你之前用化血神刀伤了我。幸亏我有丹药，才没有遇害。"

余化暗想："真是奇怪，这个丹药只有我师父才有，杨戬是从哪里得到的？既然周营有了丹药，那这化血神刀就没有作用了。"带着满腔疑惑，余化催开金睛兽上前迎战杨戬。

雷震子伤势已经痊愈，听说杨戬正和余化大战，他报仇心切，直接飞出军营。看见仇敌，他大喝一声："余化，吃我一棍！"

余化忙着应对杨戬，见雷震子飞来，急忙躲闪。但雷震子的黄金棍一下砸中了金睛兽，余化被掀翻在地。杨戬立即上前，手起刀落，斩了余化。

七十五 土行孙被抓

韩荣听说余化被杀，大吃一惊："我全仗着余化来守关，如今余化阵亡，我该如何是好！"

就在韩荣不知所措的时候，余元骑着金睛五云驼来到汜水关。他听说弟子被杀，心里十分难过，决心要报仇雪恨。

次日，余元骑上金睛五云驼来到周营前，点名要姜子牙出来答话。姜子牙带领门人来到营外，见对方面如蓝靛，赤发獠牙，身高一丈七八，骑着五云驼，知道来了个法力高强的敌人。

余元见姜子牙出来，大喝一声："姜尚，让杨戬出来见我！"

姜子牙回答："杨戬出去催粮了，不在军中。"

余元大怒，催开五云驼，仗剑直取姜子牙。姜子牙急忙举起宝剑招架，李靖和韦护也出来助阵。余元祭起金光锉来打姜子牙，姜子牙一边展开杏黄旗抵挡，一边偷偷地祭起打神鞭。余元被打神鞭击中后背，又被李靖一枪刺中，连忙骑着五云驼驾起金光逃走。

土行孙催粮归来，恰好看到余元战败，骑着五云驼踏金光而去，心中大喜："我如果盗得这个宝贝坐骑，催粮就方便多了。"

他把自己的想法告诉了邓婵玉。邓婵玉听后说："你行动前最好和姜元帅说一声，不可以鲁莽行事。"

土行孙说:"这种小事何必浪费口舌。"

二更天时,土行孙进入汜水关。他潜在地下查看情况,见余元正在静坐。土行孙不敢和余元动手,只好在地下等待时机。

余元默运元神,忽然觉得心神不定,他暗暗掐指一算,知道土行孙要来盗取自己的坐骑。于是余元元神出窍,不一会儿就打起鼾来。

土行孙听见余元打鼾,心中大喜。他钻出地面,悄悄地走到廊下解开五云驼的缰绳,把它牵到外面。然后土行孙又回到屋里,举起大棍砸向余元。可打了三下,余元一点反应也没有。土行孙骂道:"明天再收拾你!"

土行孙骑上五云驼就要出关,可五云驼只是在关里转来转去,不肯出关。土行孙心中着急,不知道该怎么办。就在这时,余元突然现身,把土行孙一把捉住。

韩荣见土行孙是个矮个子,对余元说:"老师捉这个小矮人有什么用。"

余元解释道:"你别小看了这个家伙,他会地行术。我把他装进我的如意乾坤袋,吊起来烧死他。"于是韩荣命人照办。

土行孙被困在袋子里,火快烧着他了,急得大喊救命。惧留孙在洞里修炼,算到土行孙有难,急忙驾纵地金光法来到汜水关。他作法刮起一阵旋风,救回了土行孙。

余元知道是惧留孙在暗中相助,大声说道:"好你个惧留孙,救你徒弟也就算了,还偷走了我的如意乾坤袋。明天找你们算账!"

惧留孙救下了土行孙便来到周营。这时已是三更天,姜子牙闻报,以为出了什么大事,连忙出来迎接。惧留孙解释道:"土行孙进入汜水关盗取五云驼,被余元抓住,差点被烧死。"说完他打开如意乾坤袋,把土行孙放了出来。

姜子牙大吃一惊,对土行孙说:"你简直目无军纪!竟然私自行动,到敌营偷东西,实在有伤我军威名。按照军法应该斩首!"

惧留孙劝道:"子牙公,目前正是用人之际,还是让土行孙将功赎罪吧。"

姜子牙见惧留孙求情,说:"看在师兄的面子上,饶恕你这一次,下不为例!"土行孙连忙谢过师父和元帅。

第二天,余元来到阵前,要惧留孙出来答话。惧留孙知道余元是为了如意乾坤袋来的,他想了一条妙计,让姜子牙按计行事。

姜子牙和余元大战了三十回合,惧留孙暗中祭起捆仙绳,把余元捆得结结实实。余元冷笑着说:"我倒要看看你们怎么对付我。"

无论是李靖的宝剑,还是韦护的降魔杵,都无法伤到余元。惧留孙对姜子牙说:"不如把余元装进铁柜沉入北海,以绝后患。"

姜子牙迅速命铁匠打造一只铁柜,把余元装入其中。惧留孙喊来了黄巾力士,让他抬走扔入北海。没想到铁柜一入了水,余元便借助水遁逃走了。

余元来到碧游宫外面,对水火童子说:"我是金灵圣母的弟子余元,不小心被惧留孙捉住,现在侥幸逃脱来到这里,希望师兄替我通报一声!"

水火童子把余元的话转达给金灵圣母。金灵圣母大怒,径直来到宫中,向通天教主禀告:"师父,阐教门人欺人太甚。余元何罪之有?惧留孙竟然用捆仙绳困住他,把他装在铁柜里投入北海。好在余元有些法力,得以逃脱。希望师父为他解开捆仙绳。"

通天教主让人传唤余元进来。看见余元一副惨兮兮的模样,通天教主也觉得脸上无光。他把一道符印贴在余元身上，用手一弹，捆仙绳立即脱落。然后取出一件法宝交给余元，说："你去把惧留孙捉来见我，但不许伤害他。"余元领命而去。

余元回到氾水关，点名叫惧留孙出来。

惧留孙听说余元回来，掐指一算，已经知道了事情的经过。他对姜子牙说："余元沉海，借水遁逃到碧游宫。通天教主一定给了他什么法宝，他才敢来耀武扬威。咱们要先下手为强。"

于是姜子牙出阵诱敌，惧留孙又暗中祭起捆仙绳捉住余元。就在两个人商量如果处置余元的时候，陆压道人赶到。

余元见陆压来到军营，知道大事不妙，急忙求饶："陆道兄，请你看在我修道多年的分上，饶过我这次，我保证不再来犯周军。"

陆压说："你身为三教中人，不理会封神榜一事，再三阻止周军东进，已经犯下了大错。"说罢，从背后拿出葫芦，打开盖子。只见一道白光从葫芦里射出，白光中现出一个长着眼睛和翅膀的小东西。陆压口中念念有词："宝贝快快转身！"那个东西在白光里转了三圈，余元的头立即滚落在地，灵魂飞到了封神台。

韩荣见余元也死了，急忙和手下将士商量对策。大家经过讨论，既不想做周军的俘虏，也不想背叛纣王，最后几个人决定弃城逃跑。

七十六 郑伦取汜水

韩荣的儿子韩升和韩变听说父亲打算逃跑，急忙上前阻拦："父亲，你如果临阵逃脱，一世英名就会毁于一旦。"

韩荣叹息道："我岂不知道忠义二字。只是纣王昏庸无道，才导致这些逆贼纷纷反叛。我如果苦守此关，恐怕要连累军民。连余元师徒那样的人都打不过姜子牙，更别说我了。为了避免生灵涂炭，我迫不得已才要弃城逃跑。"

韩升说："父亲不要长他人志气，灭自己威风。我们父子享受国家的高官厚禄，就该为国捐躯，死而后已。再说我们兄弟也不是等闲之辈，可以和姜子牙抗衡。"

韩荣见儿子这么说，心里暗暗高兴："没想到我们韩家出了如此讲忠义的后人。"

韩升从书房取出一个纸做成的风车：中间是个转盘，上面有四面幡，分别写着地、水、火、风四个字。

韩荣好奇地问："这是什么东西？"

韩升回答："父亲，这个宝贝叫万刃车。让孩儿给您展示一下它的威力。"

韩荣随韩升、韩变来到教操场。韩升兄弟披发仗剑，口中念念有词。只见突然间云雾升起，阴风惨惨，火焰冲天，半空中有无数的刀刃飞出,把韩荣吓得魂不附体。

韩荣急忙问:"儿子,这个法术是从哪里学来的?"

韩升回答:"有一年父亲到朝歌朝觐,我们弟兄闲来无事,在家里玩耍。当时来了一个头陀,叫法戒。我们给了他一碗斋饭吃,他让我们拜他为师。我们见法戒容貌身形与众不同,就认他做了师父。当时法戒对我们说:'姜尚日后一定会兵犯汜水关,我传授你们一个法宝来对付他。'没想到今天果然应验了。"

韩荣大喜,急忙问:"这种万刃车你有多少?"

韩升说:"万刃车有三千辆,即使姜子牙号称有六十万大军,我们也能将他打得片甲不留。"韩荣高挂免战牌,挑选了三千士兵给韩升兄弟训练。

姜子牙见韩荣拒不迎战,心里十分着急。过了十四天,韩荣终于摘下了免战牌。姜子牙不知道韩荣手里有万刃车,派遣魏贲出战。韩荣则派儿子韩升和韩变上前迎战。

韩升和魏贲交战没几个回合,就骑马往回跑。见魏贲追了上来,韩升偷偷地向韩变打了个手势。韩变立即让三千名士兵推出万刃车。一时间风火齐至,烈焰冲天。周军被万刃车杀得大败,损伤了七八千人。

姜子牙没想到韩荣还有这样的实力,见自己的士兵死伤惨重,心里万分难过。

韩氏父子大获全胜,回城庆祝。韩荣说:"我们不如趁热打铁,乘胜出击。今晚姜子牙一定不会防备,我们天黑以后用万刃车杀周军一个片甲不留。"韩升和韩变连连赞同。

二更时分,韩氏父子带领人马静悄悄地来周营外面。姜子牙正为自己白天轻敌,导致众多将士受伤而忧烦不已,没提防韩荣会来劫营。韩荣确认姜子牙没有安排伏兵之后,立即下令进攻。

一时间风火交加,刀刃齐下,杀声震天。周军被杀得措手不及,君不能顾臣,父不能顾子,大家都仓皇逃窜。子牙护着武王向西逃跑,一直来到金鸡岭,刚好遇到了催粮官郑伦。

郑伦听说周军溃败,急忙催开金睛兽上前助阵。他冲到韩升和韩变跟前,看见他们背后的万刃车十分厉害,决定先下手为强,对着两人哼了一声。韩升和韩变应声倒下马来,等他们醒过来时,已经被郑伦的乌鸦兵擒获了。

后面的三千士兵见主将被擒,万刃车的法力也随之化解,纷纷丢盔弃甲,向汜水关的方向逃跑。韩荣听说儿子被擒,心中惶惶不安,只好收兵回城。

郑伦押着韩升和韩变来见姜子牙,姜子牙大喜过望,给郑伦记了大功,还安排酒宴给全军将士压惊。

第二天,姜子牙率领大军重新回到汜水关下。他命令士兵把韩氏兄弟推到阵前。韩荣看到两个儿子蓬头垢面,被人五花大绑,急忙对姜子牙说:"姜丞相,我两个儿子冒犯了您,罪在不赦,请您高抬贵手放过他们,我愿意献出城池。"

韩升听了大喊:"父亲不可如此啊!我们生是商臣,死是商鬼,只恨不能拿下姜尚这个老匹夫!"姜子牙见他们拒不投降,下令把两个人就地正法。

韩荣见儿子被杀,心如刀绞。他大叫一声,从城楼上一头摔下,以死殉国。武王很钦佩韩荣父子的大义,下令厚葬他们三人。

周军进城,城中百姓都十分高兴,欢天喜地地拿出好酒好肉招待西岐的将士们。

再说太乙真人在洞内静坐,白鹤童子忽然来报:"玉虚宫老爷请师叔下山,共破诛仙阵。"真人领旨,把哪吒叫到身边,说:"你的伤也痊愈了,现在大敌当前,阐教门人都要下山出力,正是你建功立业的时候。临行前,你把这三枚红枣吃了。"

哪吒谢过师父,把枣吞下,哪知道一会儿长出了好几条胳膊。他数了一下,竟然有八只,而且还多了两颗脑袋。哪吒抱怨道:"师父,我长这么多胳膊和脑袋,也太不方便了。"

太乙真人笑着说:"胡说,周营里奇人异士众多,有长翅膀的,有擅长变化的,有会地行术的,还有擅使法宝的。你现在变成三头八臂,才会脱颖而出。而且这门法术可以依照你的心意进行变化,你随时可以隐藏三头八臂,那时就和正常人一样。"

哪吒大喜,连忙感谢师父。太乙真人把九龙神火罩和阴阳双剑也交给哪吒,加上原来的乾坤圈、混天绫、金砖和两把火尖枪,哪吒刚好有了八件兵器。

哪吒辞别师父回到周营。守营的士兵见来人三头八臂,青面獠牙,都大吃一惊,不许他进入。哪吒急忙说明自己的身份,大家却都不相信。最后李靖出来,哪吒才收了法术,现出原形。

众位门人见哪吒得到了新的法术和兵器,都羡慕不已。

老子化三清 七十七

三路人马集合完毕，姜子牙带领大军继续前进，不久来到界牌关下。他猛然间想起元始天尊说过"界牌关下遇诛仙"，于是下令大军停止前进，在原地安营扎寨。

果然，阐教诸仙陆陆续续来到周营。陆压道人对姜子牙说："今日我们诛仙阵相会，往后要到万仙阵大家才能再次相会了。"

多宝道人早已等待多时，他见阐教门人都已经来到，作法显现出隐藏在红光里的诛仙阵。

众仙向阵内望去，只见东、西、南、北四个方向分别挂着一口宝剑，阵中阴云惨惨，怪雾盘旋。燃灯道人说："此阵果然险恶，大家一定要格外小心。"

多宝道人见众人来观看诛仙阵，笑着说："阐教的道友们，这阵不是你们破得了的。我劝你们赶紧打道回府吧。"他突然看到了广成子，大喝一声："广成子，你不能走！"说完提剑从阵中一跃而出。

广成子大怒："多宝道人，这里不是碧游宫，容不得你撒野！"说着两个人在阵前动手打起来。广成子祭起番天印，多宝道人躲闪不及，被砸中后背，逃回阵里去了。

截教门人回到芦篷刚坐下，听见半空中仙乐齐鸣，异香缥缈，原来是元始天尊乘坐九龙沉香辇降临。多宝道人见了,心想:"既然元始天尊也来了,这一战必须要师父出马才行,凭我是难以取胜的。"第二天,果然通天教主带着门下众多弟子赶来助阵了。

通天教主对元始天尊说:"师兄,你也来了。"

元始天尊说:"贤弟,当初我们在你的碧游宫商议封神榜的时候,已经达成了一致:道行深的成仙道,稍次些的成神道,浅薄的成人道。如今纣王无道,气数已尽,周主仁明,理应得到天下。你既然知道,就不该阻止姜尚。而你不仅纵容弟子破坏姜尚东征,还摆下这诛仙阵,真是可恶至极。"

通天教主冷笑道:"师兄,你不要责怪我,先问问广成子是怎么回事吧。"

元始天尊问广成子:"这是怎么回事?"广成子便把自己三进碧游宫的事情说了一遍。

元始天尊听完,对通天教主说:"贤弟,你一定是误会了广成子。这分明是你的弟子不讲道理,挑拨离间。"

通天教主生气地说:"好,既然师兄袒护你的弟子,我也要替我的门人出头,我们只管在诛仙阵内见个高下!"

元始天尊说:"你执意如此,我当然奉陪。"

说完,通天教主带领门人进了诛仙门,元始天尊施法用万朵金莲护身,也进了正东的诛仙门。到了阵中,通天教主对着诛仙剑发出一道雷,即使对面是元始天尊,也从头顶掉下来一朵莲花。元始天尊从正东走到正南、正西、正北,四处观察了一番。

看过了诛仙阵,元始天尊回到姜子牙为众仙搭建的芦篷。南极仙翁问:"师父,您为什么没有破阵?"

元始天尊说:"古人云:先师次长。我虽然是一教之主,毕竟上面还有师兄。等大师兄到了之后再做打算。"

话音刚落,老子骑着青牛来到界牌关。元始天尊率领门人上前行礼。

老子说:"通天贤弟摆出诛仙阵阻止周兵,不知道是什么用意,我去问个明白。他如果肯改过,自然相安无事;如果不肯认错,就把他带到紫霄宫去见师父。"

第二天,两位教主驾着彩云来到阵前。通天教主见老子也来了,上前打了招呼。

老子说:"贤弟,我们三人共立封神榜,都是应上天之数。你怎么能出尔反尔?"

通天教主说:"大师兄有所不知,二师兄的门人一向瞧不起我们截教。广成子三进碧游宫侮辱我们,实在可恶。如果把广成子交给我处置,我一定收回诛仙阵,否则别怪小弟翻脸无情!"

老子说:"通天,不管广成子是否说了那些话,就算他真说了,也罪不至死。你因为这件事就逆天行事,未免太不妥当了。如果听我良言相劝,速速撤去诛仙阵,回到碧游宫悔过,你还可以继续掌管截教。否则,我把你带到紫霄宫去见师父,把你贬入轮回,永世不能回到碧游宫。"

通天教主大怒:"李聃!我和你一同修道,你怎么能这么对我?你既然这么厉害,就破了诛仙阵再说吧。"

老子笑着说:"这有何难。到时候你不要后悔!"说完,骑着青牛从西方进入阵里。老子展开了太极图,化成一座金桥,他从金桥上通过,进了陷仙门。

通天教主见老子进阵,把双手一拍,震动了陷仙剑。宝剑一动,要是换成旁人,早已身首异处。老子却哈哈大笑:"雕虫小技而已。"

举起扁拐砸向通天教主。通天教主见老子进阵如入无人之境，不觉羞得满脸通红，急忙用手里的宝剑招架。

两位教主各施神威，诛仙阵之中雷声轰鸣，电光闪烁。陷仙门里八卦台下站立的截教门人，一个个瞠目结舌，被眼前的场面完全惊呆了。

老子的头上现出玲珑宝塔，抵挡住诛仙阵里的雷鸣风吼。老子思忖："通天只知道修炼道术，却不知道修身，我让他见识一下玄都紫府的手段。"想罢，老子骑牛来到圈外，拿下鱼尾冠，从头上冒出三道清气，化为三清。

通天教主正和老子打斗，忽然听见正东一声钟响，一位头戴九云冠，身穿大红白鹤绦绡衣的道人骑白犴（zé）而来；又听到正南一声钟响，来了一位戴如意冠，穿淡黄八卦衣的道人，跨一匹天马，手持一柄灵芝如意；随后正北又一声玉磬响，一位苍颜鹤发的道人，头戴九霄冠，身穿八宝万寿紫霞衣，一手拿龙须扇，一手拿三宝玉如意，骑地犼而来，他们口中高声喊道："李道兄，我们来助你一臂之力！"

通天教主大吃一惊，高声断喝："你们是谁？"

老子哈哈大笑："他们是上清、玉清、太清三位道人。"

四位天尊围住通天教主，忽上忽下，忽左忽右，各施法术。通天教主渐渐只有招架之功，没有还手之力。截教门人都被老子的高深法力震惊了。

七十八 大破诛仙阵

老子一气化出的三清其实都是他的元气,虽然有形有色,困住了通天教主,却无法伤害他。老子见通天教主已经被迷惑住,收了法术,用扁拐重重地打了他三下。

多宝道人见师父吃了亏,大喊:"师伯,不要伤我师父!"说罢,仗剑刺向老子。

老子哈哈大笑:"你这小辈也来凑热闹,让我教训你一下。"说完,祭起风火蒲团喊来黄巾力士,让他把多宝道人捉回玄都洞,等候发落。老子捉住了多宝道人,无心恋战,飘然离开了诛仙阵。

元始天尊见老子出阵,上前说:"师兄,这诛仙阵有四扇门,只有联合和我们功力相仿的另外两人才可以破阵。"

老子说:"你说得没错。我们的门人经不住四把宝剑的威力。可现在只有你和我两个人,破阵的事情还需要从长计议。"

两个人正在讨论,广成子上前禀报:"二位师父,西方教的准提道人来了。"二人一听,急忙出来迎接。

老子笑着说:"道兄来到此处,可是为了破诛仙阵,收和西方教有缘的人?"

准提道人说:"不瞒道兄。贫道在西方向东南观望,见此地有数百道红光冲天,知道有缘人在这里,因此特来普度。"

老子说:"道兄来破阵,正应了上天之兆。"

准提道人问:"这阵里有四口宝剑,都是开天辟地时的宝物,怎么都到了截教的手里?"

老子回答:"当时有一个分宝岩,我师父在那里分宝镇压各处的妖魔。后来这四口宝剑都被我师弟通天教主得到,没想到竟被他用来摆下诛仙阵。如今道兄来到,我们再找一位高人,就可以联手破阵了。"

准提道人说:"既然如此,贫道这就回西方找我师兄接引道人,我们四人共同破阵。"老子大喜。

准提道人回到西方,向接引道人说明了破阵一事。接引道人说:"我从来没有离开过西方,恐怕不妥。"

准提道人劝道:"师兄,要破此阵,必须你亲自出马。而且这次出游,师兄还可以会一会和我教有缘的人。"接引道人思考了一会儿,终于点头答应。

元始天尊见接引道人也来助阵,高兴地说:"如今四个教主已经聚齐,不如早点破阵。"

老子说:"你先选四个弟子出来,教他们破阵的方法。"

元始天尊叫来玉鼎真人、道行天尊、广成子和赤精子四人,在他们的手心里各画了一道符印,说:"明天你们见阵内雷声响动,有火光冲起,一齐把四口剑摘下。"然后又对燃灯道人说:"你守在空中,负责盯住通天教主,他如果逃跑,就用定海珠打他。"

第二天,通天教主见西方教的两位教主也来助阵,生气地说:"我们截教与你们西方教井水不犯河水,为什么来与我为敌?"

准提道人说:"通天道友,你不必强词夺理。我们四人今天就破了你的阵。"

通天教主气势汹汹地说："既然如此，今天就和你们一较高低！"说完进阵去了。四位教主也分别从四个方向进了诛仙阵。

通天教主见四人入阵，站在中央的八卦台上用双手发出霹雳，震动四把宝剑。元始天尊见诛仙剑指向自己，口里念念有词，头顶升起千朵金花，挡住了诛仙剑；接引道人的头上现出三颗舍利子，把戮仙剑牢牢地钉住；老子的头上现出玲珑宝塔，宝塔射出的万道金光使陷仙剑无法逼近；准提道人用七宝妙树放出千朵青莲，困住了绝仙剑。

四位教主来到阵中，把通天教主围在核心。通天教主挺剑刺来，接引道人甩动拂尘，变化出五色莲花，托住了剑；老子和元始天尊各自举起扁拐和三宝玉如意砸来；准提道人摇身一变，现出巨大的法身，有二十四个头，十八只手，每只手里拿着不同的法宝。

经过一番激战，通天教主寡不敌众受了伤，急忙借土遁逃跑。燃灯道人在空中见了，祭起定海珠把他打回阵中。得到元始天尊符印护身的广成子等四人此时一起冲进阵里，摘下了四把宝剑。

这场大战以通天教主大败告终。截教众仙见师父被打败，诛仙阵被破解，各自离去了。

四位教主和阐教众仙辞别了姜子牙，也各自回山。

通天教主吃了大亏，心里愤愤不平。他来到紫芝崖，在这里建了一座坛，坛中央立一面六魂幡，上面写着接引道人、准提道人、老子、元始天尊、武王和姜子牙六人的姓名。他早晚施法，摇动六魂幡，打算报仇雪恨。

界牌关总兵徐盖见周军破了诛仙阵，急忙向纣王告急。纣王看了信，大吃一惊，闷闷不乐地回到后宫。妲己见纣王愁眉苦脸，好奇地询问原因。纣王说:"姜子牙带兵夺取了三关,已经成为朝廷的心腹大患,我正为国事而发愁。"

妲己听了纣王的话,笑着说:"大王,不要相信那些守关将士的胡言乱语,他们只不过是谎报军情,想骗陛下的军饷而已。"

没想到纣王听信了妲己的话,问:"如果以后还有人来报信,请求派兵增饷怎么办?"

妲己立即回答:"不要理睬,只管斩了这个送信的人,以后就没人敢效仿了。"纣王于是命人将界碑关的信使押下去斩了。

纣王的叔叔箕子听说纣王斩了前线送信的人,急忙来到内庭找纣王:"大王,界牌关来人告急,您为什么不派兵援助,反而斩了信使?"

纣王却笑着说:"王叔有所不知,这些前方将士实在可恶。他们见朕不在前线,就用虚假的情报来欺骗朕,好骗取府库的钱粮。因此朕斩了来使,杀一儆百。"

箕子说:"大王,姜尚兴兵六十万,于三月十五日金台拜将,这件事天下无人不晓。最近又接连攻克了佳梦关、青龙关和汜水关,您杀了来使,恐怕会伤了守关将士的心。"

纣王说:"姜尚不过是个算命的术士,能有什么作为?况且中间还隔着四关、黄河和孟津,他们攻不过来。王叔尽管放心就是。"箕子见纣王冥顽不灵,长叹一声回到府中。

徐盖见姜子牙率领大军来到城下,急忙加紧防守。

第二天,魏贲主动请缨,来到城下挑战。

徐盖对手下将士说:"纣王听信谗言,杀了我派去求援的人。他这么做是自取灭亡,不能怪我们不忠。如今天下归周,界牌关眼看就守不住了,大家要做好失陷的准备。"

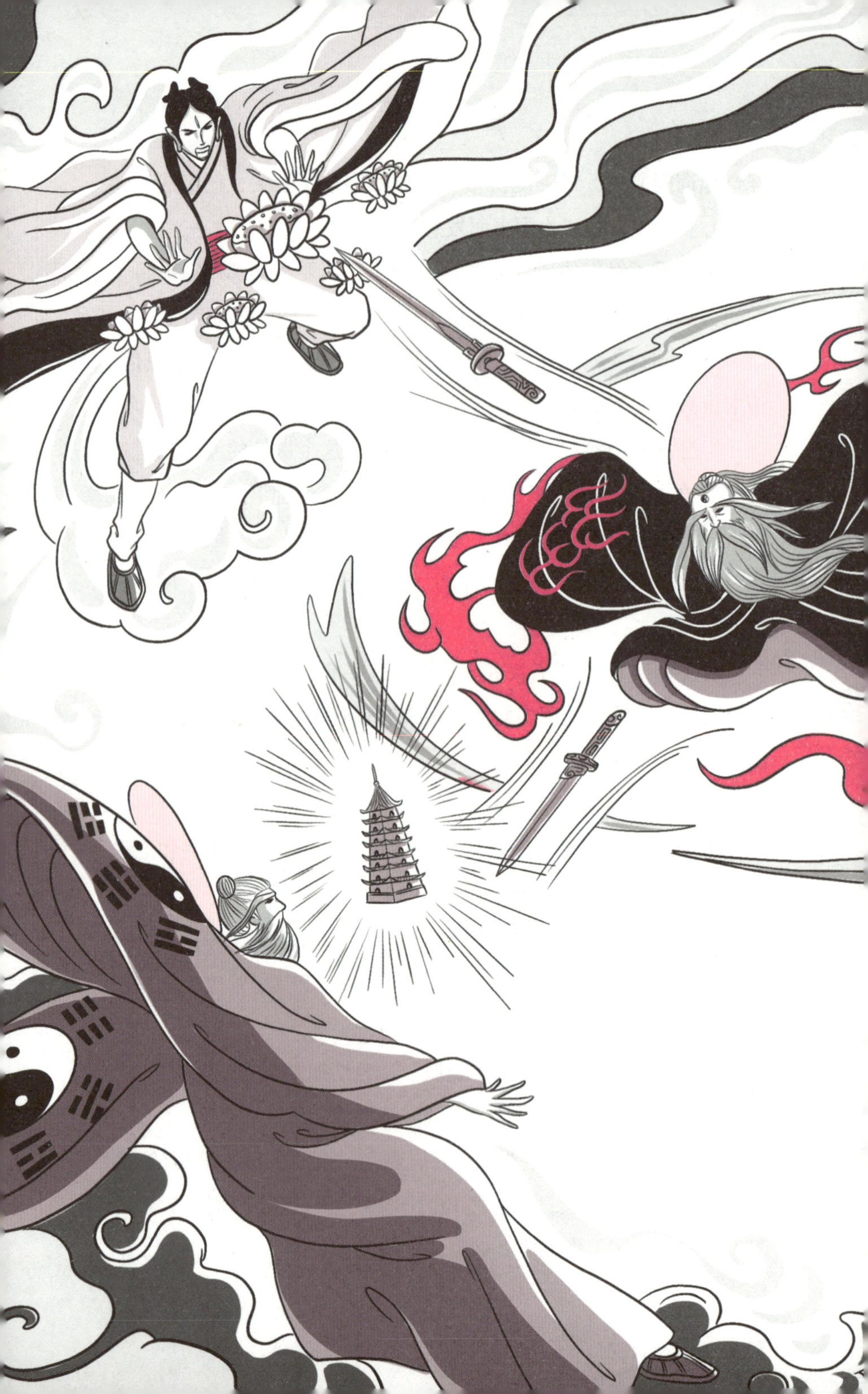

大破誅仙陣

大将彭遵说:"将军这么说不对!我们都是纣王的臣子,理应以死报国。末将愿意打头阵。"说完披挂上马,出城迎战。

两员猛将在城下大战了三十回合。彭遵不是魏贲的对手,虚掩一枪向南败走。魏贲见彭遵逃跑,急忙追赶。彭遵见魏贲追来,从囊中取出法宝菡萏阵。这个宝贝按照八卦的方位排成阵形,魏贲不知道详情,一头冲进阵里,立刻迷失了方向。彭遵暗中作法,把魏贲连人带马炸死了。姜子牙听人来报,为魏贲感伤不已。

次日,苏护率领儿子苏全忠、副将赵丙和孙子羽出营挑战,徐盖手下大将王豹自告奋勇下城迎战。王豹会双手发雷,接连杀死了赵丙和孙子羽。

姜子牙见周营损兵折将,心中闷闷不乐。第二天,彭遵下城挑战,姜子牙派雷震子出阵。

彭遵的法术对雷震子一点也不起作用,结果他被雷震子一棍打死。

王豹见彭遵阵亡,勃然大怒,骑马来战雷震子。哪吒蹬上风火轮迎战王豹,五个回合后,不等王豹作法,就先用乾坤圈砸死了王豹。

穿云关四将被擒 七十九

徐盖见两员副将都被杀害，心里暗想："两位将军不识时务，才招来了杀身之祸。我不如投降姜子牙，免得再掀起战事，弄得生灵涂炭。"

就在这时，一个叫法戒的头陀来到界牌关。法戒来见徐盖，说："徐将军放心，我会帮你捉住姜尚。"徐盖见对方有些仙风道骨，不敢怠慢。

第二天，法戒一个人来到周营，点名叫雷震子出来。原来彭遵是法戒的弟子，法戒是为了替弟子报仇而来。

雷震子听见法戒向自己挑战，展开双翅就来迎战。法戒从怀里取出一面幡，对着雷震子摇了摇。雷震子立刻头晕目眩，栽倒在地上。徐盖便命令士兵把雷震子捉回界牌关。

哪吒见雷震子被抓，大骂道："妖道，你用了什么邪术害我道兄？"说罢，挺枪刺向法戒。法戒打不过哪吒，急忙挥动幡。哪吒是莲花化身，没有魂魄，所以并不受影响。他趁机举起乾坤圈砸伤法戒的肩膀。法戒大吃一惊，驾土遁逃跑。

法戒因为被哪吒砸伤，回营后迁怒于雷震子，咬牙切齿要杀了他。徐盖不想和周军结下仇怨，就说："师父先不要杀他，等末将把他押解到朝歌，替师父向纣王请功之后再杀不迟。"法戒答应了。

第二天，姜子牙催开四不像来战法戒。两个人打了十个回合，姜子牙祭起了打神鞭。可法戒不是封神榜上的人，打神鞭对他不起作用。一个不小心，打神鞭被法戒抢了过去。

说来也巧，杨戬、土行孙和郑伦三位督粮官都在这个时候来到军营。他们见姜子牙的打神鞭被法戒收走，一起上前迎敌。混战中郑伦担心法戒逃脱，连忙用鼻子哼出白光，把法戒捉回军营。

姜子牙见法戒被抓，心中大喜，命令刀斧手将法戒斩首示众。这时，准提道人来到周营。他对姜子牙说："法戒逆天行事，按罪当斩。但他在封神榜上无名，却和我西方教有缘。请子牙公高抬贵手，把他交给我。"姜子牙听说后立刻答应了。

徐盖见法戒被擒，急忙让人释放了雷震子，打开城门投降西周。姜子牙大喜，重赏了徐盖，带领大军向穿云关进发。

穿云关的守将叫徐芳，是徐盖的弟弟。他听说徐盖降周，大骂道："这个匹夫，竟然投降敌人，把全家的脸面都丢尽了！"

姜子牙带领大军来到穿云关下，他看了看手下众将，问："哪位愿意打头阵？"

徐盖站了出来说："启禀元帅，穿云关主将是末将的弟弟。末将愿意进城劝他投降。"

姜子牙高兴地说："将军如果游说成功，实在是大功一件！"

徐盖来到城下。徐芳听到手下来报，下令让守兵打开城门，放徐盖进来。等徐盖进府来，徐芳不由分说，下令手下士兵把他五花大绑，投入监牢。之后，徐芳派手下的副将马忠下城挑战。

姜子牙见对方派人来挑战，知道徐盖凶多吉少，便让哪吒迎战，顺便打探徐盖消息。

马忠早听说过哪吒的大名，知道自己不是他的对手，决定抢先下手。他把嘴一张，喷出一道黑烟。哪吒见对方使用左道邪术，马上变成三头八臂保护自己。马忠见状大吃一惊,拨马就跑。哪吒立即祭起九龙神火罩,把马忠连人带马烧成灰烬。

得知马忠被哪吒烧死,另一名副将龙安吉冷笑着说:"马忠仗着会喷黑烟,就想打败哪吒,真是痴心妄想。等末将明天下城捉几个周将回来。"

第二天,龙安吉披挂上马,下城挑战。黄飞虎骑着五色神牛迎战。

龙安吉大骂道:"叛贼,我正好捉你回去领赏!"黄飞虎大怒,举枪来战龙安吉。

龙安吉见黄飞虎枪法娴熟,知道凭武艺难以取胜,暗中取出两个圈子,祭到空中,大喝一声:"黄飞虎,看我的宝贝!"黄飞虎不知道是何物,抬头一看,立刻跌下了五色神牛。

次日,洪锦迎战。他看到龙安吉,冷笑道:"龙安吉,看到故主,还不投降!"

龙安吉骂道:"反将洪锦,废话少说,今天就是你的死期!"

两个人刀斧并举,大战了三十回合后,龙安吉又祭起了那个圈子,把洪锦捉回城里。徐芳见龙安吉连捉敌军两名大将,心中大喜,安排酒宴款待龙安吉。

第三天,南宫适催马来战龙安吉,也中了圈子的邪术,被捉回穿云关。哪吒怒不可遏,不等姜子牙同意就踏上风火轮来战龙安吉。龙安吉不知道哪吒是莲花化身,依然故技重演,祭起小圈,没想到被哪吒的乾坤圈一举打落在地。龙安吉见势不妙,拨马就跑。哪吒踏风火轮追赶,祭起金砖打死了龙安吉。

法戒

蓬莱岛炼气士,收有徒弟韩升、韩变和彭遵。后来入西方教,皈依佛门修成正果,化身为祁它太子。

杨任破吕岳 八十

徐芳听说龙安吉被杀,大吃一惊,不知道如何是好。正在这时,吕岳来到穿云关。

第二天,吕岳独自来到周营前,要姜子牙出来答话。

姜子牙带领众多门人来到军前,见对方是吕岳,笑着说:"吕道友,你这人真是不知好歹。之前你已经输给我,现在怎么还厚着脸皮回来。劝你赶紧离开,免得白白送了性命。"

吕岳冷笑道:"姜尚,今天还不知道是谁要送命!"

阐教门人对吕岳当初投毒仍然气愤不已,早已按捺不住,众人一拥而上,把吕岳团团围住。吕岳急忙现出三头六臂,祭起列瘟印把雷震子打落下来,众人连忙把雷震子救回军营。姜子牙祭起打神鞭打伤了吕岳。吕岳撤回关内。

徐芳见吕岳受伤,关切地问:"道长受苦了。"

吕岳笑着说:"不妨事。我正在等一个道友来助阵,等他来了再出关挑战,便可取胜。"

过了几天,一个叫陈庚的道人来到穿云关。吕岳问:"贤弟的法宝炼好了吗?"

陈庚回答:"就是为了那个法宝才晚来了。如今已经炼成,明天就可与姜尚一战。"

第二天,吕岳来到周营前挑战。恰好杨戬督粮来到。

吕岳对姜子牙说:"姜尚,我和你有血海深仇。今天我摆出一阵,你如果认得出,我立即降周伐纣;否则,别怪贫道无情!"

姜子牙带着哪吒和杨戬进阵看了许久,不知道是什么阵。正在犯愁的时候,姜子牙猛然间想起元始天尊的话:"界牌关遇诛仙阵,穿云关下受瘟癀。"于是低声对杨戬说了自己的猜测。杨戬点了点头,轻声说:"师叔,让弟子来说。"于是三人回到阵前。

吕岳笑着问:"子牙公,认得这阵吗?"

杨戬冷笑道:"吕道长,这不过是雕虫小技,有什么奇怪的。"

吕岳哼了一声:"那你倒是说说看。"

杨戬说:"这是瘟癀阵。我看你还没有把阵练好。等你练好后,我再进去破阵。"吕岳听了杨戬的话,脸色通红,半晌说不出话。

回到军营,姜子牙对门人说:"我们虽然猜出了吕岳摆的阵,但毕竟没有破阵的方法。"

哪吒说:"师叔,连十绝阵和诛仙阵那样凶险的阵都被我们破了,别说吕岳的瘟癀阵了。"

姜子牙说:"人无远虑,必有近忧。我们不能因为瘟癀阵小就轻敌呀。"

大家正在讨论,云中子来到周营。姜子牙高兴地说:"道兄一定是为了破阵而来。"

云中子说:"你有百日之灾。灾满以后,自然有人来破阵。"

姜子牙说:"既然如此,我甘愿承受。这一百天里请道兄代理元帅。"说完,把剑和印交给云中子掌管。

吕岳和陈庚正在忙着布阵。陈庚把自己的二十一把瘟癀伞安放在阵内,按照九宫八卦的方位摆放。这时一个叫李平的道人来到,吕岳高兴地迎出来:"李道兄到此地,一定是来助我一臂之力的。"

李平摇着头说:"错了,贫道特来劝道兄住手。武王伐纣是顺应民意的事情。再说姜子牙有阐教众仙帮忙,连十绝阵和诛仙阵都能破解,我们都是清净闲散的人,还是不要蹚浑水为好。"

吕岳大笑道:"李兄,你说得不对。看我把姜子牙的大军杀个片甲不留!"

吕岳摆好瘟癀阵后,给姜子牙下了战书。姜子牙进阵前,云中子在他的前心后背和头顶各写了一道符印,又拿出一粒丹药让姜子牙吞服。

吕岳在阵前大笑:"子牙公,你敢进我的阵吗?现在求饶还可以放你一马!"

姜子牙说:"吕岳,你摆出这恶毒的阵,早晚必受惩罚!"说完,径直进入瘟癀阵。

吕岳见姜子牙入阵,撑开了瘟癀伞,阵内立刻变得天昏地暗。姜子牙急忙用杏黄旗护住身体。

吕岳将姜子牙困在阵内,来到外面对周军大喊:"姜尚已经死在阵里,叫姬发也出来受死!"

云中子连忙安慰大家:"不要听信吕岳的话。子牙公只是有这百日之难,时间一到就会没事了。"

武王难过地说:"一百天不喝水吃饭,相父还能存活吗?"

云中子笑着说:"大王被困在红砂阵也是百日,不照样没事。"姬发恍然大悟,松了一口气。徐芳趁着姜子牙被困、周军休战,命令大将方义真把黄飞虎四人押解到朝歌。两方阵营暂且休战。

这天,清虚道德真君在洞中掐指一算,知道姜子牙百日之灾将满,对弟子杨任说:"姜子牙在穿云关有难,到了你下山兴周灭商的时候了。"

杨任说:"师父,弟子是文官出身,不懂得武艺。"

真君笑着说:"这有何难,我这就教你。"真君来到后洞,拿出飞电枪、五火七禽扇和云霞兽交给杨任,又传授他枪法。杨任生来聪慧,一学就会。下山前,真君对杨任说:"你先到潼关营救黄飞虎等人。然后里应外合,协助周军攻破穿云关。"

杨任跨上云霞兽,一会儿就到了潼关。他看到方义真的队伍来到,就站在道路中间阻挡。方义真见杨任的眼眶里长出两只小手,手心里长着眼睛,模样怪异,不由得大吃一惊。他壮着胆子问:"拦路的是什么人?"

杨任终究是文官出身,彬彬有礼地说:"我是上大夫杨任。我劝将军现在放了周将,随我投靠武王,讨伐暴虐,今后定能封侯拜将。"

方义真见对方虽然长相古怪,但说起话来细声细语,就不把他放在眼里,大骂道:"你这逆贼,吃我一枪!"

杨任见方义真执迷不悟,取出五火七禽扇一扇,方义真连人带马立刻被烧成灰烬。其他将士见主将已死,就四散奔逃了。

黄飞虎在囚车中见杨任相貌非凡,大声询问:"仙长怎么称呼?"

杨任连忙来到车前,释放了黄飞虎四人,说:"黄将军,我是被纣王剜去双目的杨任啊!多亏道德真君救我上山,用两粒仙丹做我的眼睛,所以才长出了手中之眼。如今师父派我下山,先来营救将军,再破瘟癀阵。"

黄飞虎听后大喜。杨任对四人说:"四位将军先回到穿云关,藏在百姓家里。等我破了吕岳的阵,你们可以作为内应,到时里应外合,一举攻下穿云关。"

杨任来到周营,众人都被他的奇特相貌震惊了。云中子高兴地说:"你来得正好,子牙公还有三天就满百日之灾了。"

八十一 潼关遇痘神

三天后，杨任骑着云霞兽来破瘟癀阵。吕岳见对方是清虚道德真君的弟子，冷笑道："你不过是个小辈，也敢来破我的瘟癀阵？"说完仗剑来攻，杨任急忙挥舞飞电枪迎战。

两个人打了五个回合，吕岳虚掩一剑，跑进了瘟癀阵。杨任也跟着进去了。吕岳立即撑开二十一把瘟癀伞想罩住杨任。杨任把五火七禽扇一摇，瘟癀伞立刻被烧成灰。李平跳进阵里，打算劝阻吕岳，却不幸被烧死。

陈庚大怒，冲上来大战杨任，也被神扇烧成灰烬。吕岳在八卦台上见势不妙，急忙念动避火诀。可杨任的五火七禽扇扇出的不是凡间的火，避火诀根本不起作用。最终，吕岳连同八卦台一起被烧成灰烬。

杨任破了瘟癀阵，见姜子牙还罩在杏黄旗的下面，急忙把他带回军营。云中子取出丹药放进姜子牙的嘴里，不一会儿，姜子牙就苏醒过来。杨任向姜子牙说明了来由，姜子牙大喜，又听说黄飞虎等人藏在城里，急忙下令攻城。

徐芳见瘟癀阵被破，心里十分惊慌。他听见周军攻城，立即命令士兵防守。雷震子充当先锋飞到空中，一棍把城楼打塌了半边。守城将士见雷震子来势凶猛，纷纷弃城而逃。哪吒在城下用金砖砸开了城门，带领周军一拥而入。

黄飞虎四人在城中听见杀声四起，知道周军已经进攻，径直来到城楼上擒获徐芳，将他带回周营。姜子牙见黄飞虎四人平安归来，心中大安，又看见了徐芳，大骂道："徐芳，你抓自己的兄长，简直禽兽不如！"于是下令将徐芳斩首。

周军攻克了穿云关，姜子牙立即整顿军马来到潼关。潼关的守将叫余化龙，他有五个儿子：余达、余兆、余光、余先、余德。除了余德在外学艺，其他儿子都在潼关。

余氏父子各个骁勇善战，双方交战前两日，余达和余兆竟然分别斩杀了猛将太鸾和老将军苏护。

一连损失两名大将，姜子牙十分痛心。苏护的长子苏全忠痛哭流涕，发誓一定要为父亲报仇，主动请战。姜子牙不得已答应了。

第三天，余化龙的四个儿子一起出战。苏全忠迎住余达，武吉挡住余兆，邓秀迎战余光，黄飞虎接住余先。雷震子和哪吒从旁协助，杨戬祭起哮天犬来攻。混战中，苏全忠被余达打伤，哮天犬咬伤了余化龙，哪吒用乾坤圈砸伤了余先。

余化龙父子受了伤，挂起了免战牌。就在两军僵持的时候，余德回到了潼关。余德见父亲和哥哥们受伤，取出丹药让他们服下，伤势立即痊愈。

次日，余德一个人来到周营前挑战。姜子牙见余德一身道士的打扮，好奇地问："道者从哪里来？"

余德骂道："老匹夫，我是余元帅的第五子余德。杨戬和哪吒伤了我父亲和兄长，今天特来为他们报仇。"

姜子牙一声令下，李靖父子、杨戬、韦护、雷震子一齐上阵，把余德围在当中。杨戬见余德浑身上下被邪气笼罩，知道对方是左道之士，于是跳出圈子，取出弹弓，发射金丸击中了余德的后心。余德大叫一声，借土遁逃回城里。

回城后，姜子牙对门人说："我师父嘱咐我的第三句是'谨防达兆光先德'，这一定是指余化龙的五个儿子。看来他们果然不是等闲之辈，我们一定要多加小心。"

余德回到城里，把姜子牙恨得咬牙切齿。他对四个哥哥说："我一会儿教你们一个方法，管保让周军片甲不留！"

一更天时，余德取出青、黄、红、白、黑五块方巾，又拿出五个小斗，交给四个哥哥每人一个。五人一同往方巾上倒粉末。他说："我把这些粉末撒到周营，七天后他们就会全部死去。"余德驾起五方云来到周营上空，将五块方巾包裹的毒粉向四面八方撒去。

三天后，周营的人浑身上下都长出颗粒，人人发热，疼痒难耐。只有哪吒是莲花化身，不受影响。杨戬因为当晚不在营中，也安然无恙。

到了第五天，所有人的皮肤变成了青、黄、红、白、黑五种颜色。杨戬与哪吒商量："现在的情况，和吕岳当年毒害西岐时一样。只是那时候我们还有城墙防护，现在在平地安营扎寨，如果余家父子冲杀过来，大家都手无缚鸡之力，到时就危险了。"

第七天，黄龙真人和玉鼎真人来到周营。他们来看姜子牙，见他被毒痘折磨得不成人形，说："子牙公，你虽然贵为帝王之师，却也屡次遭难，不容易呀。还好，到今天你的七死三灾已满。"说完，玉鼎真人让杨戬到火云洞去寻找解药。

杨戬来到火云洞拜见三位圣人，把情况详细说了一遍。伏羲氏听完，对神农氏说："如今武王有难，我们不能不救。"

潼關遇瘟神

神农氏答道:"皇兄说得有理。"于是取出丹药交给杨戬。

杨戬接过丹药,问:"这个丹药如何使用?"

伏羲氏说:"将丹药用水化开,洒到军营里就可以了。"

杨戬问:"不知道这个病叫什么?"

伏羲氏回答:"这个病叫痘疹,是非常厉害的传染病。"

杨戬又问说:"如果这个病以后在人间传开怎么办?"

神农氏笑着说:"你跟我来。"杨戬跟着出洞来到紫云崖。神农氏拔了一株草交给杨戬,嘱咐道:"你把这草传于后世,以后人间就可以治疗痘疹了。"

杨戬回到军营,按照伏羲氏教给自己的方法,把药水洒到军营里。痘疹的毒气立即全部消退,只不过每个人的脸上还留有一些痘印疤痕。

余达、余兆、余光、余先、余德

封神榜上的五方痘神,潼关总兵余化龙的五个儿子。

八十二 大会万仙阵

余化龙父子还在关内饮酒庆祝，等着周军全部病亡。到了第八天，他们来到城楼上向周营观望。这一看，不禁大吃一惊。只见周军营地里队列齐整，旌旗迎风招展，将士们生龙活虎，精神抖擞，完全恢复了往日的气势。

几个人纷纷埋怨余德："我们前几天要劫营，你非要拦着我们，说七天后周军会全部死光。现在可好，他们不仅没死，反而比过去还要精神。"

余德默然不语，心中暗想："我师父传授的法术，怎么会有不奏效的道理？这里面一定有缘故。"于是对父亲和哥哥们说："事已至此，埋怨我也没有用。我们不如趁着周军将士身体刚刚恢复，杀他们一个措手不及！"几个人也没有别的好办法，只好披挂上马，冲向周营。

阐教门人正想报下毒之仇，见他们杀来，不等姜子牙开口，就一拥而上。

在混战中，韦护祭起降魔杵打死了余达，雷震子举金棍砸死了余光，杨任用五火七禽扇烧死了余先和余兆，姜子牙祭起打神鞭打中余德，李靖趁机一戟刺死他。

余化龙见五个儿子相继阵亡，心痛欲绝，向着朝歌的方向大喊：

"大王，老臣不能守护城池，五个儿子都已经为国捐躯，臣只有以死报效国家了！"说完拔剑自刎。

姜子牙见余化龙一门忠烈，命令左右厚葬他们六人，周营将士身体还未恢复的，都让他们留在潼关休养。

黄龙真人对姜子牙说："前面就是万仙阵了。此阵十分凶险，不妨请武王暂时留在潼关。我们率领人马先行前往，搭设好芦篷，迎接三教师尊和众位道友。"姜子牙点头同意，立即安排杨戬和李靖去搭建芦篷。

芦篷搭好后，阐教众仙纷纷来到。燃灯道人说："今日之会，正好完结我们一千五百年的劫数。我们就在这里等候老师们。"

金灵圣母在万仙阵中等候已久，见燃灯道人头顶现出三花，知道玉虚宫的门人都已经来到。她手中发雷，展开了万仙阵。

阐教众仙向阵里观望，只见万仙阵内都是来

金灵圣母

封神榜上的坎宫斗姆之神，星宿之首。通天教主的四大弟子之一，地位仅次于大师兄多宝道人，女仙之首。徒弟有商太师闻仲、一气仙余元。法力高强，拥有众多法宝，如龙虎如意、四象塔、七香车、飞金剑等。

自三山五岳稀奇古怪的人，看上去杀气森森，气势凌人，没有修仙炼道之人的风骨。

燃灯道人对道友们说："我们阐教就几十个门人，截教的弟子未免太多了，难怪鱼龙混杂。"

万仙阵内一个叫马遂的道人来到阵前，大叫道："玉虚门人，你们在外面偷看我们的阵，敢不敢先和我比个高低！"

黄龙真人说："马遂，你不要口出狂言，贫道来会一会你。"

马遂一跃而出，祭起一个金箍，把黄龙真人的头紧紧箍住。黄龙真人急忙去摘，金箍却像生了根一样纹丝不动。

正在这时，元始天尊来到潼关。马遂不敢逞凶，自动退回了万仙阵。

元始天尊取下了黄龙真人头上的金箍，对众弟子说："破了万仙阵，你们就要回到自己的洞府，不要再过问红尘的俗事了。"

第二天，老子和通天教主也陆续来到。

金灵圣母见师父来助

马遂

金箍仙，通天教主的弟子。在万仙阵中截教大败后趁机逃脱，后来不知所终。

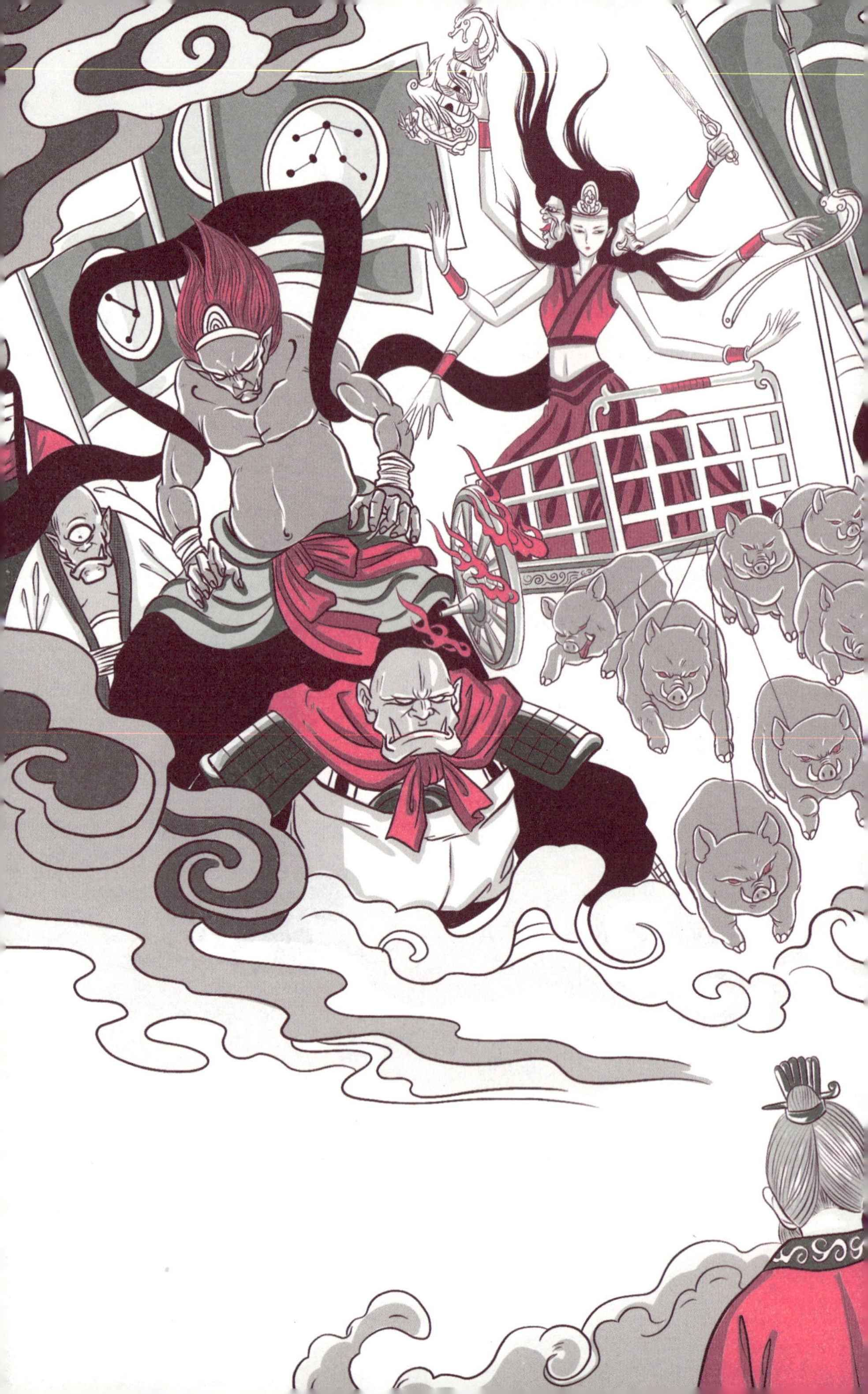

大会万仙阵

阵，上前禀告："师父，两位师伯都已经到了。"

通天教主说："好，现在已经是月缺难圆，这次大家可以一决雌雄了！"于是派长耳定光仙前去向老子和元始天尊下战书。

次日，二位教主带领众门徒来看万仙阵，只见里面阴云惨惨，杀气冲天。通天教主阴沉着脸对老子和元始天尊说："两位道兄又来凑热闹了。"

老子生气地说："三弟，你真是不思悔改，无赖至极。在诛仙阵你已经输给我们，就应该潜心思过，没想到你又摆出这险恶的万仙阵。你何必咄咄逼人，迫使双方大战一场，犯下杀戮！"

通天教主大怒："别说了！你们纵容门人可以，我帮弟子就不行吗？今天我要和你们决一雌雄，大不了你再找准提道人帮忙，用加持杵打我。"

元始天尊笑着说："废话少说，现在就破阵。"他看了看弟子，问："哪个愿意打头阵？"

赤精子自告奋勇："弟子愿意！"说罢，纵身跃入阵内。

一个长须黑面，穿着

乌云仙

通天教主的弟子，原形是金须鳌鱼，常用法宝为混元锤。后被西方准提道人收服，由水火童子用六根清净竹吊往西方八德池。

黑色袍服的道人拦住赤精子:"赤精子,你敢来破我的阵?"

赤精子说:"乌云仙,你不要逞能,这里就是你的死地!"乌云仙大怒,仗剑刺来。

两个道人打了五个回合,乌云仙举起混元锤把赤精子打倒在地。广成子大喝一声:"乌云仙,不要伤我道兄!"挺剑接住了乌云仙。五个回合后,广成子也被混元锤打伤,急忙向西逃跑。

通天教主吩咐:"不要放跑了广成子!"乌云仙领法旨,紧追不舍。

乌云仙正追赶广成子,迎面遇到了准提道人。准提道人让广成子逃去,自己挡住了乌云仙。乌云仙大骂道:"准提道人,你在诛仙阵打伤了我师父,今天又来阻挡我,吃我一剑!"

准提道人把嘴一张,吐出了一朵莲花,挡住了剑,然后笑着对乌云仙说:"道友,你和我西方教有缘,和我一起回西方修行吧。"

乌云仙大怒:"一派胡言!"说罢,又刺了一剑。

准提道人说:"乌云道友,我是大慈大悲,不忍心让你现出原形。你尽早回头才是明智,不要等到现了原形才追悔莫及!"

乌云仙根本不理睬,接着又刺出一剑。准提道人用拂尘一刷,乌云仙的剑就只剩下了剑柄。乌云仙不甘心,又举起了混元锤。

准提道人说:"童儿快来!"只见水火童子手里拿着竹枝来到准提道人身边。

准提道人说:"用六根清净竹来钓金鳌。"水火童子得令,将竹枝垂下。准提道人大喝一声:"乌云仙,此时不现原形,更待何时!"

只见乌云仙把头一摇,变成了金须鳌鱼。水火童子骑在鳌鱼的背上,把它带回了西方八德池。

八十三 三大师收狮象犼

准提道人收了乌云仙,来到万仙阵前。通天教主见准提道人来助阵,大骂道:"准提道人,你在诛仙阵中打伤了我,今天正好找你算账!"

准提道人笑着说:"乌云仙和我教有缘,已经被我的六根清净竹钩进了西方八德池,从此逍遥自在,无牵无挂,好过在凡尘中争抢打杀。"

通天教主勃然大怒,打算出战。虬首仙说:"师父息怒,让弟子先会一会他们。"

虬首仙提着宝剑站出来,说:"谁敢来破我的太极阵?"

准提道人对文殊广法天尊说:"文殊道友,你和虬首仙有缘,该去破阵。"说罢,在天尊头顶一指。天尊头上立刻现出三色彩光。

元始天尊把一面幡交给文殊广法天尊,说:"这面盘古幡可以助你破阵。"

虬首仙见文殊广法天尊进入阵内,立即作法,只见阵里出现了数不清的兵刃。天尊展开盘古幡,镇住了太极阵,然后祭起捆妖绳,把虬首仙捉回芦篷。

元始天尊对虬首仙说:"孽障,现出原形!"虬首仙就地一滚,变成了一只青毛狮子。元始天尊对文殊广法天尊说:"今后这就是你的坐骑了。"

老子指着文殊骑着的青毛狮子对通天教主说:"你的门人已经被收服,成为坐骑。你还要逞能吗?"

通天教主羞愤交加。这时灵牙仙大声喊道:"你们敢破我的两仪阵吗?"

元始天尊对普贤真人说:"你去破此阵吧。"

普贤真人领命,进入两仪阵。他对灵牙仙说:"灵牙仙,你修炼千年才成人形,何苦不守本分。你如果执迷不悟,虬首仙就是你的下场。"

灵牙仙大怒,挥舞两把宝剑来战真人。几个回合后,灵牙仙口中念念有词,调动两仪阵的妙法,发出无数霹雳。普贤真人急忙祭起长虹索,捉住灵牙仙。

南极仙翁奉命用三宝玉如意把灵牙仙打回原形,原来是一头白象,就把它交给普贤真人骑坐。

通天教主见青狮在左,白象在右,不觉大怒。金光仙大喊:"阐教门人不要逞强,你们敢破我的四象阵吗?"

元始天尊见金光仙看上去勇猛难敌,就把三宝玉如意交给慈航道人,说:"此阵非你去破不可,但要小心行事。"

慈航道人飘然进入四象阵。金光仙双手一拍,阵内立刻飞起无数法宝把慈航道人围在当中。慈航道人现出法身,变成三头六臂,双目射出金龙,身体被万朵莲花护住。

金光仙看见这般景象,早已心生怯意,转身就跑。慈航道人祭起三宝玉如意,把金光仙打出原形,原来是一只金毛犼。慈航道人骑着金毛犼回到芦篷下。

这一战正好是三位大师降伏狮、象、犼。后来佛教兴起,三位大师分别成为文殊、普贤、观音三位菩萨。

龟灵圣母见本门连损四人,不等通天教主发话就冲到阵前。

三大师牧狮象犼

惧留孙立即上前抵挡。两个人打了十个回合，龟灵圣母祭起了日月珠。惧留孙不敢招架，向西败走。

恰巧接引道人赶到，挡在了两人中间，对龟灵圣母说："道友，我是西方教的教主。你既然已经修成人形，就该安分守己。听我良言相劝，到西方极乐天修行，否则就要追悔莫及。"

龟灵圣母大骂："你们西方教的人不要管我们的事！"说罢，祭起日月珠劈面打来。接引道人从手指放出一朵青莲，托住了日月珠。龟灵圣母仍不肯放手，再次祭起日月珠。

接引道人见对方执迷不悟，叹息一声，祭起念珠，打在龟灵圣母的背上。龟灵圣母倒在地上，变成了一只大龟。

接引道人命白莲童子把大龟带回西方。哪知道白莲童子刚打开一只小包，从里面飞出了一只蚊妖，不一会儿就把大龟吸成了空壳。

通天教主见接引道人也来了，大喊道："接引道人，你之前破了我的诛仙阵，现在又来坏我的事，实在可恶！"说完，挥剑来战接引道人。

两个人你来我往，打得天昏地暗。元始天尊急忙命令赤精子鸣金，接引道人便收了法术回到军营。

元始天尊对西方教主说："二位道兄远道而来，明天再战不迟。"

接引道人说："贫道来这里本是为了渡有缘人。只是我见那万仙阵中邪者多正者少，勉强应战罢了。"

老子说："如今四位教主已经聚齐，明天齐心协力破了万仙阵，好了却众人心中的一桩大事。"

元始天尊拿出诛仙阵里的四口宝剑，对赤精子、广成子、玉鼎真人和道行天尊说："你们四人明天见我们入阵后，阵内升起一座宝塔，就立刻冲进阵里祭起宝剑。"

周营众将听说明天要破万仙阵，一个个都心痒难耐，想要上场作战。洪锦对龙吉公主说："咱们明天也去破阵吧。"

龙吉公主说："好，咱们明天早点去。"

第二天，双方对垒。通天教主事先吩咐长耳定光仙说："明天我和你师伯们动手时，会叫你摇动六魂幡，你不得有误！"

长耳定光仙口上答应了，心里却想："我看师伯门下的十二位弟子都是道德之士，还有两位西方教主，头顶放出光华，真是法力无边啊。"内心已有一些动摇。

通天教主来到阵前，说："今天我们就做个了断！"

这时，洪锦夫妻不等姜子牙说话，一齐冲出去。两人各施神通，一连杀了几个截教仙人。两人正杀得眼红，迎面遇到了金灵圣母。金灵圣母大怒，祭起四象塔先后砸死了龙吉公主和洪锦。

这时，只见万仙阵内发出千道金光，四面大旗迎风猎猎出动，阵中出现了二十八个外形稀奇古怪的道人。

老子对元始天尊说："这些人正应二十八宿之数，统统都要封神。"

虬首仙

通天教主门下随侍七仙之一，由上古异兽青毛狮子得道。

灵牙仙

通天教主座下随侍七仙之一，原形是一只黄牙老象。

金光仙

通天教主座下随侍七仙之一，原形是一只金毛犼。

八十四 兵取临潼关

元始天尊对阐教众仙说:"今天是你们的破劫之日,众位弟子随我一同入阵,不得错过!"姜子牙也对哪吒等三代弟子说:"大家杀入阵内,会一会截教众仙。"话音刚落,陆压道人驾一道长虹来助阵。

老子一声令下,阐教的人全部冲进了万仙阵。老子和元始天尊围住通天教主,文殊、普贤、慈航三位大师围住金灵圣母。金灵圣母正用龙虎如意对付三位大师,没有提防燃灯道人,结果被定海珠打死。

广成子等四人见元始天尊发出信号,立即祭起宝剑冲入万仙阵。凡是封神榜上有名的人,都被神剑杀死。姜子牙的打神鞭所到之处,封神榜上的人立即魂飞魄散。杨任的五火七禽扇把万仙阵扇得烈焰冲天。

通天教主见门人死伤无数,心中大怒。他急忙向长耳定光仙大喊:"快摇动六魂幡!"

定光仙见阐教门人各个道骨仙风,心里暗自佩服。他径直收起六魂幡,来到阐教的芦篷之下。通天教主连喊数声不见回应,回头一看,发现定光仙已经不见了,勃然大怒。他知道自己大势已去,只能勉强应对,结果再次被四位教主打伤,逃离了万仙阵。

阐教的人破了万仙阵，回到芦篷。老子看见定光仙，问："你是截教门人，为什么躲在这里？"

定光仙拜伏在地："师伯在上，请恕弟子有罪！我师父一时糊涂犯下大错，他打算用六魂幡来害你们。弟子见师伯们光明磊落，为了避免他一错再错，才把六魂幡偷出来。"

元始天尊称赞道："你身为截教弟子，竟然如此明白事理，实在难能可贵！快快起身！"

老子对定光仙说："你把六魂幡上面武王和姜尚的名字拿去，看看我们四人的法力。"

定光仙奉命取下姬发和姜子牙的名字，展开了六魂幡。只见四位教主各施神通，六魂幡根本伤害不了他们。

接引道人对定光仙说："道友弃暗投明，一心向善，和我西方教有缘，就和我们一起回西方极乐胜境吧！"

通天教主见门人不是上了封神榜，就是归了西方教，心里愤愤不平，打算复仇。这时，正南方向

长耳定光仙

通天教主座下随侍七仙之一，曾为通天教主保管六魂幡。

出现了万道祥云,一个道人手执竹杖缓缓而来。通天教主仔细一看,认出来人正是自己的师父鸿钧道人,急忙倒身下拜。

鸿钧道人说:"你为什么摆下这个恶阵,造成无数生灵涂炭?"

通天教主辩解道:"二位师兄欺辱我们截教,纵容门徒辱骂我的弟子,还经常杀戮我的门人,一点都不念手足之情。"

鸿钧道人说:"你不要强词夺理。明明是你纵容弟子下山和姜尚作对。你们三教共拟封神榜,虽然都是天数,但你还是有管教不严的过错。你跟我去向你的师兄们认错!"通天教主不敢违抗师命,只好红着脸跟随鸿钧道人来到芦篷。

老子正和西方教主讨论弟子们劫数圆满的事情,猛然抬头看见了外面的祥光,知道鸿钧道人来了,急忙叫上元始天尊,率领众门人出去迎接。

鸿钧道人说:"只因为阐教弟子犯了杀劫,导致两教结仇。我今天来,就是为了化解你们之间的恩怨。"

西方教主也上前行礼。鸿钧道人见了夸奖道:"西方极乐胜境真是福地啊。"

鸿钧道人

老子、元始天尊、通天教主的师父。

鸿钧道人来到芦篷中间坐好，所有人都侍立两旁。

鸿钧道人说："三个弟子过来。"老子三人毕恭毕敬地站成一排。又说："从此以后，你们要不计前嫌，互敬互爱，不能再生祸患！"三个人点头答应。

鸿钧道人带着通天教主驾祥云离开。接引道人、准提道人、老子和元始天尊也和众人告辞，各自回山。

广成子对姜子牙说："子牙，我们今天与你告别，以后再也不会见面了。"姜子牙恋恋不舍，心里十分难过。

阐教众仙离开后，陆压道人握着姜子牙的手说："我们以后再难见面。前方路途还会遇到凶险，我把这个宝贝送给你，用来应对不时之需。"说完，把背着的葫芦送给姜子牙。

一直在旁怂恿截教众人的申公豹见大势已去，急忙骑着老虎逃跑。元始天尊截住申公豹，生气地说："你曾经发誓，如果再挑拨离间，就丢你去塞北海眼。今天你还有什么可说的？"申公豹哑口无言。元始天尊命令黄巾力士把申公豹塞入北海眼。申公豹的灵魂也飞到了封神台。

姜子牙带领门人回到潼关来接武王，稍作休整后，立刻率领大军向临潼关进发。

临潼关的守将叫欧阳淳，见周军来到城下，急忙派先行官卞金龙出城迎敌。黄飞虎和卞金龙在城下大战三十回合，卖了个破绽，一枪刺死了卞金龙。卞金龙的长子卞吉见父亲惨死，对黄飞虎恨得咬牙切齿。第二天，他独自一人来到周营挑战。

南宫适奉命迎战。卞吉问："周将报上名来！"

南宫适笑着说："我是西岐大将南宫适。"

卞吉骂道："今天暂且饶你一命，快让黄飞虎出来送死！"南宫适大怒，纵马舞刀直奔卞吉。

两个人打了三十回合后，卞吉拨马逃走，南宫适随后赶到。卞吉暗中祭起法宝幽魂白骨幡，南宫适立即昏迷不醒，被捉回临潼关。

姜子牙听说南宫适被擒，心中大惊，派黄飞虎出战。

卞吉看到仇人出来，大骂："黄飞虎，你杀了我父亲，我今天要报仇雪恨！"说完挺戟来刺。两个人打了三十回合，卞吉又使出幽魂白骨幡，捉住了黄飞虎。黄明上前营救，也被迷昏。

姜子牙听说连黄飞虎也被擒住，大吃一惊，忙问周纪："黄将军是如何被捉住的？"

周纪说："我看到卞吉立起一面幡，上面全部由人的骨头穿成，有好几丈高。黄将军从幡下经过，立刻倒在地上。"

姜子牙感叹："没想到又遇到了会邪术的敌人。"

次日，姜子牙亲自带领门人出战。他看见幽魂白骨幡悬在空中，散发出千条黑气。姜子牙说："欧阳淳，五关现在只剩下临潼关，你难道还要死死守护吗？"欧阳淳也不答话，直接派卞吉来擒拿姜子牙。

雷震子以为只有从幡下经过才会昏迷，于是展开双翅，举棍飞到空中来砸卞吉。可幽魂白骨幡的四周都被一股妖气包围，即使从上空经过，也一样逃不过。雷震子跌落下来，被商军捉回。

韦护祭起降魔杵来打。降魔杵虽然能镇压邪魔歪道，对幽魂白骨幡却不起作用，因此失落在幽魂白骨幡下面。

哪吒大怒，现出三头八臂，大喝一声："匹夫不要嚣张！"

卞吉见哪吒变成了这般模样，吃了一惊。两个人打了十个回合，哪吒祭起乾坤圈砸伤了卞吉。卞吉见自己打不过，转身拍马撤回关里去了。

卞吉逃走后，周将一拥而上，把欧阳淳等人包围在当中。混战中，欧阳淳杀出一条血路逃回城里，其他副将全部被消灭。

邓芮归周主 八十五

欧阳淳惨败，马上写信向朝歌求援。

纣王听说周军已经攻克了四关，不由得大吃一惊，急忙召集百官商量对策。

上大夫李通说："陛下，如今朝歌已经没有能征善战的人，只有邓昆和芮吉忠心为国，可以派他们二人前往临潼关。"纣王准奏，命令二人率领大军向临潼关进发。

土行孙催粮来到营地，看见韦护的降魔杵和雷震子的黄金棍都丢在幽魂白骨幡下，不知何故，来到军营里向姜子牙询问。姜子牙向土行孙说了幽魂白骨幡的厉害，土行孙还不相信。

天黑后，土行孙来拿降魔杵和黄金棍，结果刚到幡下就昏倒在地。临潼关的守卫看见幡下睡着一个小矮人，立刻报告给欧阳淳。欧阳淳让士兵去捉土行孙，可去的士兵也昏倒在幡下。欧阳淳没有办法，只好让卞吉的家将去抬人。

欧阳淳问土行孙："你是什么人，到这里干什么？"

土行孙说："我看见幡下有一根黄金棍，打算捡回家玩，没想到在那里睡着了。"

欧阳淳大怒："胡说！你一定是姜子牙派出的密探。来人啊，把这个人押下去斩首！"谁知行刑的士兵刚举起刀，土行孙就地一扭身，立刻不见了踪影。

土行孙回到周营，对姜子牙说："这幡果然厉害，我刚到下面就昏迷了。"姜子牙一时没有对策,只好僵持在城下。

邓昆和芮吉率领大军来到临潼关。欧阳淳看到援军来到,大喜过望,将两个人迎进府邸。邓昆听说黄飞虎被捉拿,心里暗吃一惊。原来他和黄飞虎是亲戚,只是其他人并不知道。他回到自己的住处后,开始思考营救黄飞虎的方法。

第二天,两军对垒。邓、芮二人见周军威风凛凛,杀气腾腾,三山五岳的门人各个如蛟龙猛虎;又见红罗伞下,西岐的四贤八俊侍立在武王两侧,骑在逍遥马上的武王更是仪表非凡,不由得暗自钦佩。

邓昆说:"姜子牙,你率军反叛,沿途攻城拔寨,斩杀我朝多名将领,实在罪不可赦。"

姜子牙笑着说:"将军你才是痴人说梦。纣王涂炭生灵,逆天行事,天下诸侯都会师孟津,打算推翻纣王的统治。你们现在还执迷不悟,实在不明智啊!"

邓昆大怒,命令下吉出战。哪吒现出三头八臂,脚踏风火轮冲杀过来,一路势不可挡。邓、芮二人见哪吒这么厉害,都大吃一惊,立即鸣金收兵。两人回到城里,不约而同有了投降西周的念头。邓昆让人把芮吉请到自己的住处,打算试探芮吉的想法。

几杯酒下肚,邓昆把话题引到天下大势。芮吉借着酒劲,透露出弃暗投明的打算。邓昆趁机也说出了自己打算投奔西周的想法。两个人说来说去,认为现在只缺少了一个向姜子牙引荐自己的人。

说来也巧,当天晚上,姜子牙命令土行孙潜入临潼关打探黄飞虎等人的下落。邓昆和芮吉的对话恰巧被土行孙听到。土行孙喜不自胜,钻出地面,轻声说:"我愿意做两位的引荐人。"

邓、芮两人本来在小声议论,突然听到土行孙说话,都吓呆了。土行孙急忙解释:"两位不要害怕,我是姜丞相手下的催粮官土行孙。将军可以写一封密信,我会替你们转交给姜丞相的。"邓昆大喜,立刻写了一封信,请土行孙转交给姜子牙。

姜子牙收到邓昆的信,心中大喜。

第二天,商军将领升帐议事,邓昆和芮吉商量后,对欧阳淳说:"我们两个人奉陛下之命来退周兵。前番交战,还没有分出胜负。这次要一鼓作气,拿下周军,早日回到朝歌向陛下复命。"欧阳淳连连称是,当天整顿兵马,准备次日跟周军一决胜负。

这天,邓昆率领士兵出关,前往周营挑战。他看见幽魂白骨幡竖在道路中间,说:"这个幽魂白骨幡太挡道了,赶快把它撤走。"

卞吉大惊,解释道:"万万不可啊!这幡是无价之宝,全仗着它,周军才不敢攻城。"

芮吉说:"我们是陛下派出的钦差,总不能每次都绕道走吧?实在有失陛下的威严!"

卞吉说:"这个容易解决。将军只要把末将画的灵符放在头盔里,就可以安然无恙地从幡下通过。"两个人听后,心中暗喜。

邓昆和芮吉把卞吉画的灵符贴在头顶,径直从幡下经过。姜子牙派出武吉装模作样地去迎敌。打了十个回合,邓昆和芮吉假意败退,又骑马从幽魂白骨幡下跑回城内。

姜子牙见两个人在幡下来去自如,知道这里面一定有奥妙,当晚便派土行孙潜入城里向邓昆打探情况。

土行孙来到邓昆的住处,好奇地问:"将军,为什么你们从幡下经过,却没有昏迷呢?"

邓昆说:"你来得刚好!今天卞吉给了我们一道灵符,只要把它贴在头顶上,从幡下经过就会平安无恙。你把这张灵符交给姜丞相,他自有办法破解。"

姜子牙听完土行孙的汇报,心中大喜。他看穿了卞吉灵符中的奥妙,画了相同的灵符分给门人。

五岳归天 八十六

第二天,姜子牙带领将士们来到临潼关下挑战。

卞吉出城迎战,立即被周将围在当中。卞吉抓住间隙跳出包围圈,急忙从幡下经过,打算诱使周将上当,趁机捉住他们。可周将纷纷从幡下跑过,全部安然无恙。卞吉大吃一惊,只好跑回城里,紧闭城门。姜子牙也不派人追赶,只是把幽魂白骨幡拿走了。

芮吉见卞吉双手空空,落败而归,心中暗喜。他想找个事由惩处卞吉,故意问:"将军今天捉了几员周将?"

卞吉说:"末将的幽魂白骨幡今天突然失灵,不知道为什么!"

邓昆在一旁说:"胡说,你分明是不想捉住他们,打算投降周军。来人啊,把这个叛徒推出去斩首!"可怜卞吉就这样糊里糊涂地做了刀下之鬼。

邓昆和芮吉趁机对欧阳淳说:"将军,如今殷商气数已尽,纣王荒淫无道,八百镇诸侯都已经归顺西周。周军通过此关,就没有了阻挡。我们不如把临潼关献给武王,共同对付纣王。"

欧阳淳大怒:"你们这两个狗贼,原来是为了投降才冤杀了卞吉。我欧阳淳宁可粉身碎骨,也不会辜负陛下。"

邓昆说:"既然如此,别怪我们不讲情面。"说完,两个人一同进攻欧阳淳。欧阳淳寡不敌众,被芮吉一剑刺死。

邓昆见欧阳淳已死，打开牢门，放出了雷震子四人。然后大开城门，迎接周军进城。姜子牙率领大军顺利地过了临潼关，来到了渑池县。

渑池县的总兵是张奎。他听说周军过了五关，马上加紧防守。

姜子牙刚到渑池安营扎寨，就接到了东伯侯姜文焕的求援信。他看了看手下的门人，问："东伯侯在游魂关有难，我们不能坐视不理，谁愿意到游魂关走一趟？"

张奎

封神榜上的七杀星。殷商渑池县守将，会地行术，可日行一千五百里，手持一把长柄大钢刀，坐骑独角乌烟兽奔跑起来快如闪电。

金吒和木吒齐声说:"弟子愿意。"姜子牙大喜,命令二人带领人马去援助姜文焕。

第二天,姜子牙对众将说:"哪位去渑池县立头功?"南宫适主动请缨。张奎则派副将王佐迎敌。

两员武将你来我往,大战了三十回合。南宫适手起刀落,把王佐斩于马下。张奎的另一员副将郑椿见王佐被斩,催马冲到阵前。黄飞虎骑着五色神牛来迎战。二十回合后,黄飞虎一枪把郑椿刺死。

张奎见两员副将接连被杀,心里十分烦恼。他对夫人高兰英说:"我们这座孤城易攻难守,又损失了两员副将,该怎么办呢?"

高兰英说:"将军有道术在身,不要怕姜子牙。"

张奎说:"可是五关守将之中也有很多厉害的人,却都死在姜子牙的手上,我们不能轻敌。"

次日,张奎亲自出阵。姜子牙上前说:"张将军,你不要执迷不悟,步五关守将的后尘。这里距离朝歌不过数百里,中间只隔着黄河。你这弹丸之地恐怕难以阻挡我的大军。"张奎大怒,舞刀砍向姜子牙。

姬发的弟弟姬叔明和姬叔升一起出阵,抵挡张奎。两位殿下见难以拿下张奎,掉头往回跑,打算诈败诱敌。谁知张奎的坐骑独角乌烟兽是一匹头上长角的神马,跑起来快如闪电。两位殿下还没来得及回头偷袭,就被张奎从后面砍下了马。

姜子牙见两位殿下阵亡,大惊失色,急忙鸣金收兵。回到营中,姜子牙闷闷不乐,对众将说:"没想到渑池县还有这样的高人。"

正在这时,崇黑虎和文聘等人来到周营助阵。姜子牙很高兴,安排人设宴款待。

第二天，张奎又来挑战。崇黑虎说："末将去会一会张奎。"文聘、崔英和蒋雄也跃跃欲试，跟着一同去迎敌。

崇黑虎对张奎说："张奎，天兵来到，你还不快点投降！"

张奎骂道："崇黑虎，你这狼心狗肺的家伙，杀了亲哥哥，还有脸来说我！"说罢，两个人打在一起。文聘三人连忙加入助阵。

姜子牙害怕崇黑虎有失，又命令黄飞虎去支援。五个人像走马灯一样把张奎围在当中。

高兰英见丈夫被困，从自己的红葫芦里祭起四十九根太阳金针，刺瞎了五个人的眼睛。张奎趁机斩杀了他们。姜子牙见五员大将全部阵亡，不禁大吃一惊，仰天悲叹。

正在这时，杨戬催粮来到军营。他听说黄飞虎阵亡，叹息道："可惜黄家一门忠烈，都牺牲在东征的路上。"说完，他催马舞刀来战张奎。

两个人大战了三十回合，杨戬故意卖了个破绽，被张奎捉住。

张奎活捉了杨戬，不由分说，立即命令手下将杨戬斩首。

过了一会儿，管马的人慌慌张张地跑来向张奎报告："老爷，出事了！"

张奎大惊："什么事这么惊慌？"

来人说："老爷的坐骑好端端的，头突然掉了下来。"

张奎跺着脚说："我全仗着这匹坐骑才得以战胜敌人，这下如何是好！"

这个时候，守城的士兵来禀告："将军，刚才被斩的周将又来挑战了。"

张奎恍然大悟："我中了此贼的奸计！"

他来到城下，大骂道："逆贼，你害死了我的坐骑，今天要你偿命!"

二十回合后,张奎又捉住了杨戬。回城后,他立即来找妻子高兰英商量如何处置。

高兰英说:"将军,既然这个人有邪术,我们不妨拿一些乌鸡、黑狗的血浇到他的头上,这样就会破解了他的妖法。"张奎大喜,按照高兰英的建议把血水浇到杨戬的头上,然后亲自砍下了他的头。

夫妻二人正在高兴,后宅的丫头哭着跑出来说:"老爷,不好了!老太太正在厢房休息,忽然被脏东西浇了一身,然后头就掉了下来。"

张奎一听,大哭道:"我又中了杨戬的妖法!可怜连累了我的母亲啊,我还没来得及报答母亲的养育之恩!"

杨戬回到军营,对姜子牙说:"师叔,张奎先斩了坐骑,又杀了母亲,现在已经乱了心智,我们可以趁机取胜。"

高兰英

封神榜上的桃花星。张奎的夫人,擅长使用太阳金针和两口日月刀。

八十七 土行孙夫妻阵亡

张奎为了报仇，来到周营外叫骂。姜子牙派哪吒迎敌。

哪吒现出三头八臂，祭起了九龙神火罩，把张奎连人带马一起罩住。他双手一拍，九条火龙一起吐出烈火，把土地都烧红了。可谁也没有想到，张奎和土行孙一样会地行术。他被九龙神火罩罩住后，立即从地下逃跑了。

哪吒还不知道张奎已经逃走，回营兴冲冲地向姜子牙告捷。姜子牙大喜。

张奎回到城里，对高兰英说："今天和哪吒厮杀，差点被他的九龙神火罩烧死。"

高兰英说："将军今夜不如潜入周营，杀了姬发和姜尚。何必浪费时间！"

张奎恍然大悟："夫人说得没错，擒贼先擒王。我被杨戬害得心神不定，竟然忘了这个。"

正巧，当晚是杨任负责巡营。他眼眶伸出的两只小手上各有一只眼睛，上可以看天庭，下可以看到地底，中间看人间千里。他看到张奎提着刀从地下进入军营，大喝一声："张奎，哪里去？有我在此！"说罢，敲响了警钟。

姜子牙听到警报，急忙出帐询问原因。杨任担心姜子牙有什么闪失，急匆匆地骑着云霞兽冲到帐前，向姜子牙说明了情况。

姜子牙大惊："哪吒已经用九龙神火罩烧死了张奎，他怎么又回来了！"

杨任说："他现在就在这里听元帅讲话。"

姜子牙还在震惊中，一旁的杨戬说："弟子天亮后去查看一下。"

张奎见有杨任在，事情难以成功，只好返回城里。

高兰英见张奎回来，问："事情怎么样？"

张奎摇着头说："周营里有很多高人，难怪过五关势如破竹。"然后把前后经过说了一遍。

张奎此时已有了弃城的想法，但是高兰英不同意，说："我们夫妻在此镇守多年，名扬四方，怎能弃城逃跑？况且，这座城现在是通往朝歌路上的唯一屏障，断然不能丢。改天让我会一会他们，一定打得他们落荒而逃。"

天亮后，杨戬来到城下，大喊："让张奎出来见我！"

张奎看到杨戬，仇人相见分外眼红，大骂道："杨戬，你害死我母亲，不杀了你，我誓不为人！"

两个人大战了二十回合。杨戬祭起哮天犬来咬张奎。张奎急忙下马，顿时踪迹不见。

杨戬回到军营，对姜子牙说："张奎果然和土行孙有一样的本领，昨晚多亏有杨任巡营！"

姜子牙一听，立即对杨任说："昨晚你立下了大功，在我们捉住张奎以前，就由你来负责巡营了。"

第二天，高兰英出城挑战。

邓婵玉听说对方是一员女将挑战，对姜子牙说："末将愿往！"

姜子牙点头同意，嘱咐道："多加小心！"

两员女将在城下大战了三十回合。邓婵玉诈败，拨马逃跑。高兰英一时心急，放松了警惕，立即骑马追赶，被邓婵玉的五光石打得鼻青脸肿，只好狼狈逃脱。

土行孙催粮来到军营，对姜子牙说："师叔，弟子已经运完粮了，希望随军征讨。"

姜子牙说："如今我军过了五关，军粮有其他诸侯供应，不再需要你们督粮了。"

土行孙出了大帐，来见各位将军，唯独没有看见黄飞虎，忙问哪吒。哪吒将黄飞虎五人阵亡的消息告诉了他，说："这个渑池县的守将张奎和你一样，会地行的法术。"

土行孙听了大惊失色："怎么可能！我师父说我的地行术天下无双，怎么会有另一个会地行术的人？"说完来到城下挑战。

张奎见对方是一个矮个子，好奇地问："你是什么人？"

土行孙大骂："废话少说！"举起大棍劈头就打。哪吒和杨戬也冲上来助阵。

张奎见势不妙，钻进土里。土行孙把身体一扭，也钻进地下。张奎见土行孙也会地行术，大吃一惊。两个人在地底下打了起来。

土行孙身材矮小，在地下打斗更占优势。张奎见自己吃亏，驾起地行术逃跑。张奎的地行术可以日行一千五百里，土行孙只能日行一千里。土行孙追赶了一会儿，发现追赶不上，只好返回军营。

姜子牙说："当初你师父捉你时用了指地成钢法。现在要对付张奎，只能用这个方法。你会不会？"

土行孙说："弟子不会。师叔可以写一封信，弟子带去夹龙山，请师父来帮忙。"

张奎回到城里，为守城的事情烦恼。夫妻二人商量，决定暂时闭城不出，同时派人前往朝歌送信告急，请求支援。

这个时候，忽然一阵怪风卷起，把旗杆吹断了。高兰英急忙拿出金钱占卜，大惊："将军，大事不好。土行孙正要去夹龙山请他师父来对付你。"

张奎说："没关系，我比他走得快，先到夹龙山等他。"

土行孙多年没有回山，眼看飞龙洞在眼前，满心欢喜。没提防张奎埋伏在半路，突然举起刀迎面砍来，土行孙当场倒地而亡。张奎把土行孙的尸首带回城，挂在城墙上示众。

邓婵玉见丈夫遇害，大哭着来到城下报仇。高兰英自从被邓婵玉的五光石打中，一直怀恨在心。她见邓婵玉叫战，背上红葫芦来到城下。

两个人打了十个回合，高兰英偷偷地打开了红葫芦的盖子，放出了四十九根太阳金针，刺瞎了邓婵玉的眼睛，然后举刀把邓婵玉斩于马下。

朝歌城中，微子收到张奎的告急信，对纣王说："周军已经过了五关，渑池危在旦夕。现在南、北诸侯已经在孟津会师，只等姬发赶到，好一同来攻打朝歌。请陛下以社稷为重，早日醒悟，重用贤臣能士，挽救殷商于危难之中！"

纣王大吃一惊："姬发逆贼，着实可恶！朕应该御驾亲征，除掉这些逆贼！"

中大夫飞廉说："陛下不可啊！现在孟津有南、北四百镇诸侯虎视眈眈，陛下一旦御驾亲征，他们一定会乘虚而入。俗话说，重赏之下，必有勇夫。陛下不如张榜招募天下贤才。"

纣王觉得有道理，点头答应了。

过了几天，朝歌城中来了三个人物，他们揭了榜文。飞廉立即把他们三人请进府邸。

三人报上姓名，他们分别叫袁洪、吴龙、常昊。原来这三人是"梅山七圣"其中的三个，袁洪是白猿精，吴龙是蜈蚣精，常昊是长蛇精。他们三人先来投奔纣王，其他四人之后会陆续赶到。

飞廉把三个人带到王宫。纣王问："你们来到此地，是有什么妙计对付姜尚吗？"

袁洪说："姜尚能言善辩，鼓动八百镇诸侯对付陛下。臣认为只要抓了姜尚，八百镇诸侯自然不攻自破。到时候招安了他们，就会天下太平。"

纣王大喜，封袁洪为大将，又任命吴龙、常昊为先行官，殷破败、雷开、鲁仁杰、殷成秀等人为副将。

鲁仁杰自幼熟读兵法，他看见袁洪操练士兵不得章法，知道他不是姜子牙的对手。只因为形势所逼，朝中正是用人之际，他才不得不听从。

一天，袁洪入宫见纣王，纣王对他说："元帅可以先派一支人马去渑池助阵。"

袁洪说："臣认为朝歌的人马不宜远行。目前孟津有南、北诸侯两路大军，臣如果发兵驰援渑池，他们就有机会截断我军的粮道，对我们极为不利。所以，当务之急是守住孟津。"

纣王觉得袁洪说得很有道理，就把二十万大军交给袁洪，命令他们驻守孟津。

八十八 白鱼跃龙舟

张奎听说纣王新招了袁洪为元帅,只是让大军驻守在孟津,生气地说:"到了这个时候,纣王还不发兵援助。我们现在前有周军,后有孟津的四百镇诸侯,看来渑池县守不住了。"

高兰英安慰道:"将军不要灰心。孟津有袁洪驻守,四百镇诸侯不敢分兵来攻打我们。我们现在不要主动进攻,只等袁洪破了南、北两路诸侯,再想办法。"

姜子牙见大军在渑池县损兵折将,寸步难行,十分焦急。正在这时,一个道童来到军营,带来了惧留孙的一封信。姜子牙打开信,见上面写着:

土行孙死于张奎之手,贫道心里十分难过。为了突破张奎的防守,子牙公可令杨戬将贫道的符印画在黄河岸边,等韦任、韦护追赶张奎到黄河,自然可以一举打败张奎。攻城只派哪吒、雷震子前去就足够了。对付张奎,子牙公必须亲自出马,这一招调虎离山才能成功。

姜子牙马上按照惧留孙的指示,给门人分别安排了任务。当天晚上,周营炮声响起,三军一起出动攻城。可张奎一向善于防守,渑池城固若金汤。姜子牙见久攻不下,暂时鸣金收兵。次日,他邀请武王来到城下,一起研究破城的方法。

张奎见姜子牙和武王在城下指手画脚,勃然大怒。他对高兰英说:"你负责守城,我出去对付姬发和姜尚。"

姜子牙和武王见张奎出城,立即拨马向西跑去。张奎追了一段距离,见周营没有人来助阵,就放心地继续追赶。

张奎离开城池没多久,周营将士就在哪吒和雷震子的带领下向渑池城发起进攻。哪吒现出三头八臂,脚蹬风火轮,率先飞到城上。

高兰英见哪吒飞来,急忙架起双刀抵挡。雷震子展开双翅,飞进关里。他打散了守城的士兵,举起金棍砸开城门。周军一拥而入。

高兰英见大势已去,要打开红葫芦释放太阳金针。还没等她打开盖子,就被哪吒的乾坤圈砸倒在地,一道灵魂飞到了封神台。渑池的守军见高兰英阵亡,张奎又不在,纷纷缴械投降。

哪吒对雷震子说:"道兄在这里看守,我去接应师叔和武王。"

雷震子说:"放心,这里交给我好了。你快去吧!"

张奎正在追赶姜子牙和武王,猛然间听见渑池方向炮声四起,知道事情不妙,急忙停止了追赶。他刚要返回,遇到了迎面而来的哪吒。

哪吒大骂:"逆贼,今天休想逃走!"说完,祭起了九龙神火罩。

张奎知道九龙神火罩的厉害,慌忙把身子一扭,钻进了地下。哪吒看到张奎使出地行术,想起了土行孙,心里一阵酸楚。

张奎回到渑池,见雷震子守在城上,知道城池已经被攻破,一时不知道妻子的死活。他心中暗想:"我不如渡过黄河去找袁洪,再作打算。"于是,他借地行术向黄河赶来。

杨任和韦护早就守候在半路上。杨任远远地看见张奎跑来,

白魚跃龙舟

对韦护说:"道兄,张奎来了。等下我的手指向哪里,你就把降魔杵砸向哪里。"

韦护说:"放心,一定跑不了张奎。"

张奎看到杨任骑着云霞兽,正用两只神光射耀眼看着自己,吓得魂不附体,急忙纵起地行术,瞬间跑了一千五百里。杨任在地上催着云霞兽紧紧追赶,韦护则驾云飞在空中,跟随杨任。

张奎见自己无论到哪儿,杨任都紧随其后,没有办法,只好一直向前飞跑。不知不觉,三个人就来到了黄河岸边。

一直守候在这里的杨戬看到杨任来到,连忙用三昧真火烧了惧留孙的灵符。黄河岸边的土地立刻变得比钢铁还要坚硬。张奎如同置身在铁桶里一样,被困在地下无法动弹。

就在这时,杨任来到张奎的头顶上方,用手指了指地面。韦护在半空中祭起降魔杵,重重地砸了下来。这降魔杵是镇压邪魔、护三教大法的宝贝,张奎哪里能承受住。这一杵下来,张奎被震得粉身碎骨,灵魂飞到了封神台。杨任三人回到渑池,向姜子牙复命。

周军攻下了渑池,准备渡过黄河。姜子牙命人建造一艘龙舟,让武王搭乘过河。

只见黄河上白浪滔天,风声大作,把龙舟摇得上下颠簸。武王打开舱门,向外观看。他看到滔天的巨浪,吓得面如土色。忽然间,黄河中间出现了一个巨大的旋涡,一尾大白鱼从旋涡中跳出,落在了船舱里,把武王吓了一大跳。

武王急忙问姜子牙:"这条鱼跳进龙舟,是什么预兆?"

姜子牙高兴地说:"恭喜大王,白鱼跳进龙舟,正好应了纣王该灭,周室当兴。"说完,让厨子把鱼做成美食,分给众人食用。

不一会儿，黄河就变得风平浪静了。

四百镇诸侯听说武王来到，纷纷来到岸边迎接。姜子牙先行上岸，率领将士们来到孟津安营扎寨。没过多久，西方的二百镇诸侯也陆续渡过黄河。现在只剩下东伯侯姜文焕受阻游魂关，还未赶到。

姜子牙率领六百镇诸侯一起将武王迎进中军大帐，然后派杨戬到袁洪的军营下战书。

袁洪见到杨戬，说："你回去告诉姜尚，明天两军会战。"

第二天，周营炮声响起。姜子牙带领六百镇诸侯来到阵前。袁洪见姜子牙身穿道服，骑着四不像，武王乘坐逍遥马在旁，南伯侯鄂顺、北伯侯崇应鸾各居一侧，他们身后是六百镇诸侯的大军，心里暗自赞叹。

姜子牙见袁洪银盔银甲，骑着白马，手里握着镔铁棍，也是威风凛凛。他骑着四不像来到阵前，问："你就是殷商元帅袁洪吗？"

袁洪说："不错，我就是袁洪。你一定是姜尚了？"

姜子牙回答："我就是征讨殷商的大元帅姜尚。如今天下归周，商纣无道，早已众叛亲离。你这一杯水救不了纣王的大火。"

袁洪冷笑说："姜尚，你能过五关，只是因为没有遇到将才。如今遇到本帅，你休想再前进半步！"说完，派常昊出战。姜子牙派右伯侯姚庶良迎战。

八十九 纣王敲骨剖孕妇

常昊和姚庶良大战了三十回合，骑马向南逃跑。姚庶良在后面紧追不放。两个人来到了一处无人的偏僻树林。

常昊从马上跳下来，脚下立即刮起一阵旋风，身侧卷起一团黑雾，不一会儿他现出了原形，原来是一条巨大的蟒蛇。蟒蛇张开嘴，把姚庶良咬成两半，然后又变成人形，割下姚庶良的头，回到阵前耀武扬威。

周营中一个叫彭祖寿的大将纵马舞枪来战常昊，被吴龙挡住。两

常昊

封神榜上的刀砧星。梅山七怪之一，由白蛇修炼成精的妖怪，擅长使用毒烟攻击人。

吴龙

封神榜上的破碎星。梅山七怪之一，由蜈蚣修炼成精的妖怪，兵器为双刀，能口吐黑雾使人昏迷。

个人打了几个回合，吴龙虚掩一刀，向北逃跑。彭祖寿在后面追赶。等到了一个僻静的地方，吴龙也现出了原形，却是一只大蜈蚣。大蜈蚣张嘴喷出妖气，把彭祖寿迷倒，然后变成人形，砍下了彭祖寿的头。

众位将领不知道发生了什么，只见姚、彭两人追赶过去，都被一团黑云罩住，随后就丢了性命。

杨戬对哪吒说："这两个人浑身上下充满妖气，看来必须咱们两个来对付了。"

哪吒胸有成竹地说："没问题，我定会降伏他们！"说完，蹬着风火轮飞到阵前。

吴龙正在阵前挑战，见对方飞出一个三头八臂的怪人，急忙问："你是谁？"

哪吒说："我就是哪吒！专门来对付你这使用妖法的孽障。"说完，举枪刺向吴龙。吴龙急忙举起钢刀迎战。

五个回合后，哪吒祭起了九龙神火罩，将吴龙罩在里面。可吴龙立即化成一道青光不见了踪影，哪吒还不知道呢。

常昊见哪吒使用九龙神火罩罩住吴龙，大骂："哪吒不要走，我来了!"

杨戬骑着银合马,舞动三尖两刃刀与哪吒双战常昊。常昊哪里是两个人的对手,打了两个回合就要逃跑。杨戬也不追赶,用弹弓射出金弹,但没打中对方。哪吒又祭起九龙神火罩罩住常昊,可常昊也像吴龙一样,化成一道红光消失了。

袁洪见对方将领拿吴龙、常昊毫无办法,心里非常高兴,提起水火棍拍马冲杀过来,大叫道:"姜尚,本帅和你决一雌雄!"

杨任催开云霞兽,上前敌住袁洪。两个人大战十个回合后,杨任取出五火七禽扇刚要对准袁洪一扇,对方却已率先化成青光消失了。

姜子牙见状只好鸣金收兵。杨戬对姜子牙说:"师叔,袁洪他们三人都不是等闲之辈,连哪吒的九龙神火罩、杨任的五火七禽扇和弟子的金弹都伤不了他们。"姜子牙见又遇到了强敌,心中沉吟很久,苦苦思索仍没有对策。

袁洪回到军营,对常昊和吴龙说:"没想到姜子牙的门人果然有些本事。"

🔥 **袁洪**

封神榜上的四废星君。梅山七怪之首,由白猿修炼成精的妖怪。他有千年道行,精通八九玄功及多种妖术,能日行万里,兵器是水火棍。

吴龙笑着说:"他们的法宝只能对付其他人,但是奈何不了我们。"

袁洪写了一封文书,派人回朝歌报捷。鲁仁杰看了看他们三人,对其他将领说:"我看袁洪三人都是妖怪。俗话说,国家将亡,必有妖孽。在这样生死存亡的时候,依靠这三个妖怪,一定会坏事!"

纣王收到袁洪的捷报,心中大喜,自以为从此可以高枕无忧,变得更加肆无忌惮。

此时正是隆冬时节,天降大雪,寒气逼人。纣王在妲己三个妖怪的陪同下来到鹿台赏雪。他们凭栏向下观望,看见朝歌城西门外,一老一少正赤着脚蹚水过河。老人好像一点也不怕冷,走得飞快,年轻人却不停地打着哆嗦。

纣王感到很惊奇,对妲己说:"真是奇怪!为什么老人不怕冷,年轻人反而怕冷呢?"

妲己说:"陛下有所不知,这个老人不怕冷,一定是他的骨髓充实,而年轻人怕冷,他的骨髓肯定相对空洞。"

纣王笑着说:"我不相信。你一定在骗我。"

妲己说:"陛下如果不信,可以把他们两个带上来,敲开腿检查一下。"

纣王马上命令士兵把这一老一少带上鹿台,用斧头砍下了他们的腿,发现果然和妲己说的一样。他对士兵说:"把这两具尸体拖出去吧。"可怜无辜的百姓,竟然就这样丧命于暴君之手。

纣王对妲己说:"你真是神机妙算啊!"

妲己故意撒着娇说:"这算什么,我还能透过孕妇的肚子看出胎儿是男是女,脸朝哪边呢。"纣王一听,立即命令士兵到朝歌四处搜寻孕妇。

有三名孕妇被士兵拖走,她们哀声痛哭,呼天抢地,大喊道:"我们从未犯法,为什么要捉拿我们这些孕妇?"她们的丈夫、孩子大哭着阻拦、拉扯,却都被打倒在地。

士兵把三个孕妇带到鹿台,妲己指着她们的肚子说出自己的预测。纣王让士兵割开孕妇的肚子来看,发现妲己又说对了。

纣王的暴行激起了所有人的愤怒。纣王的叔叔箕子因为劝说纣王,被削发为奴。纣王的兄长微子看到纣王如此昏庸,知道他已经到了不可救药的地步,偷偷地把列祖列宗的灵位从太庙里取出,带着离开了朝歌。

纣王听说微子带着祖宗的灵位逃跑,竟然无动于衷,仍然和妲己等人寻欢作乐,胡作非为。

有一天,又有两个相貌凶恶的人来投奔纣王。一个面如蓝靛,眼似金灯,巨口獠牙;另一个面似瓜皮,口如血盆,牙如利剑,头生双角。

纣王见两个人相貌狰狞,问:"你们是什么人?从哪里来?"

两个人回答:"我们叫高明和高觉,现在特来报效大王!"

纣王大喜,立即封两个人为神武上将军,派他们到孟津援助袁洪。

捉神荼郁垒 九十

高明和高觉来到孟津。袁洪一见他们二人，心中大喜。原来袁洪认出两人是棋盘山的桃树和柳树成精，高明、高觉也认出了袁洪是梅山的白猿。

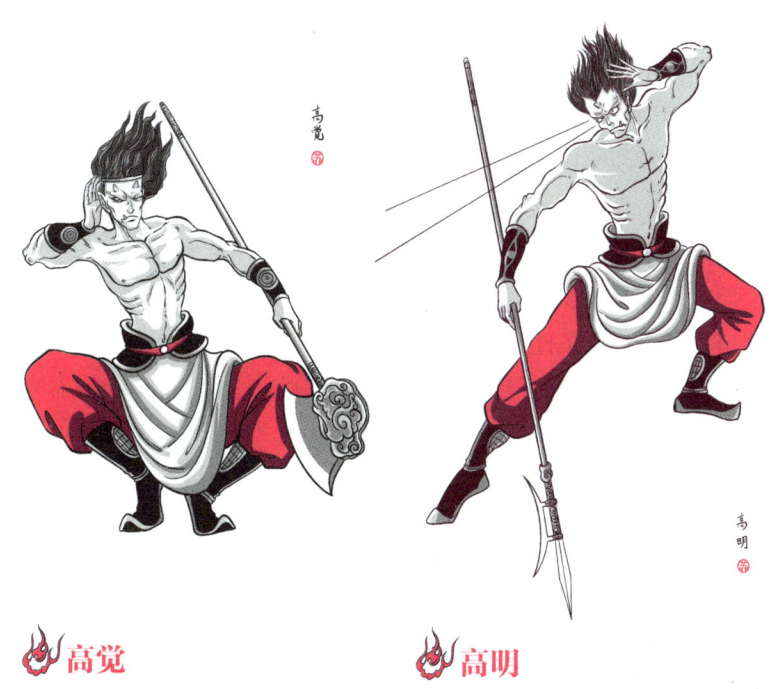

高觉

棋盘山上的柳鬼，耳听八方，人称顺风耳。

高明

棋盘山上的桃精，眼观千里，人称千里眼。

第二天,高明和高觉来到周营外面挑战。姜子牙派哪吒出去迎敌。哪吒和两个树妖大战了十个回合,先祭起乾坤圈砸中高觉的头,只见冒出一片金光,高觉应声倒地;之后用九龙神火罩罩住了高明,一拍手,召出九条火龙。哪吒以为他们必死无疑,回营向姜子牙报捷。

结果两个妖怪都毫发无损。他们回到军营,对袁洪说:"姜尚并没有什么了不起的本领,他依靠三山五岳的门人才过了五关。不过阐教弟子遇到我们,纵使有通天彻地的手段也不好使了。"

次日,两个树妖又来到阵前叫骂。

姜子牙问哪吒:"你昨天不是把两个人消灭了吗?怎么今天又来了?"

哪吒说:"师叔,想必这两个人也是妖怪,会一些奇怪的法术。师叔等下亲自观阵,查探一下他们的底细。"于是姜子牙传令八百诸侯一起出营来观看。

高觉对高明说:"哪吒说我们是妖怪,会一些奇怪的法术,要众人一起出来打探我们的虚实。"

高明看见姜子牙,骂道:"姜尚,我知道你是玉虚宫的人。你一路过关斩将,只是因为没有遇到我们这样的高人。现在投降,还可以饶你们一条性命。"

高觉说:"大哥,和他们啰唆什么。"说完,两人举起兵器来战姜子牙。

李靖和杨任冲到阵前,迎战二妖。杨任取出五火七禽扇,对着高明一扇。只听得"呼"的一声,高明化成一道黑光飞走了。李靖祭起七宝玲珑塔,把高觉罩在塔里,一会儿高觉也不见了踪影。

袁洪对常昊和吴龙说:"我们也去会一会阐教的门人。"说完,一起杀到阵前。

哪吒蹬着风火轮来战吴龙,杨戬使三尖两刃刀敌住常昊,雷震子和韦护双战袁洪。经过一番厮杀，五个妖怪无法战胜阐教门人，可阐教门人同样也没办法制服妖怪。双方打成平手，姜子牙只好鸣金收兵。

杨戬对姜子牙说："师叔，我师父曾经对弟子说，'若到孟津，谨防梅山七圣。'今天我留意观察，发现使用了诸多法宝都无法降伏他们，他们会化作一团青黑之气逃走。我们必须另想办法，只是拼命打斗终究无法获胜。"

姜子牙说："你说得没错，我已有了主意。"

当天夜晚，姜子牙把四道灵符分别交给李靖、雷震子、哪吒和杨任，让他们从东、南、西、北四个方向布阵，同时让杨戬和韦护用五雷法对付高明和高觉。

第二天，姜子牙来到阵前诱敌，试图把二人骗进昨晚安排好的埋伏圈。可对方却哈哈大笑："姜子牙，你想骗我们入阵，真是痴心妄想。"说完，回到了军营。

姜子牙回营后，勃然大怒："岂有此理，高明、高觉竟然提前得知我的计划，军营内一定有他们的奸细。"

杨戬说："师叔，这些人自西岐起兵，打退数十次敌人的进攻，攻破五关，经历无数血战，牺牲了无数的忠良之士，他们之中怎么会有殷商的奸细呢？我看两个人来路不正，一定另有原因。弟子这就去一个地方打探一下。"

姜子牙问："你要去哪里？"

杨戬回答："天机不可泄露，否则就难以成功了。"

高觉在自家营中，听到杨戬要前往一个地方，却不肯说出来，大笑着说："无论你要去哪里，料你也无法得知我们的底细。"

杨戬借土遁来到玉泉山金霞洞，找到师父玉鼎真人。他把孟津的战况告诉了真人。

玉鼎真人说："这两个孽障是棋盘山的桃精和柳鬼。桃、柳两棵树的根有三十里长,每日采天地灵气,受日月精华,最终修炼成形。棋盘山上还有座轩辕庙,庙内有泥塑的鬼使,分别叫千里眼、顺风耳。两个妖怪借了鬼使的灵气,能够看到千里之内的东西,听到千里之内的声响。你让姜子牙派人到棋盘山,把两棵树连根拔起,用火焚烧。再把轩辕庙内的二鬼泥身打碎,这样就能铲除两个树妖。"

姜子牙见杨戬回到军营,急忙问道:"此行可有收获?"杨戬只是摇头不语。姜子牙又问:"你今天怎么回事?"

杨戬说:"眼下情况特殊,弟子不能多说。请师叔看弟子如何行事。"

杨戬让两千士兵举起红旗在军营中穿梭,又让一千士兵擂鼓鸣锣。安排好这些,杨戬才对姜子牙说:"师叔,高明和高觉是棋盘山上的桃树妖和柳树精,他们借助轩辕庙里千里眼和顺风耳两个鬼使的本领,可以知晓千里以内的情况。我叫士兵们摇旗擂鼓,就是为了让他们听不见也看不着。师叔现在派人去棋盘山砍断这两棵树的树根,用大火焚烧,再打碎轩辕庙里的鬼使泥身,就可以铲除两个妖精。"

姜子牙听完大喜,立即派人去棋盘山挖树根,打碎鬼使泥身。

高明和高觉被红旗和锣鼓声晃花了眼,震聋了耳,发挥不了本领,心里十分着急。袁洪见两个人无法探知周营的敌情,就调兵遣将,准备天黑后劫营。

姜子牙掐指一算,知道了袁洪的计划,决定将计就计。他让中军重新钉下桃桩,贴好符印,命令李靖镇守东方,杨任镇守西方,哪吒镇守南方,雷震子镇守北方,杨戬和韦护在左右保护,布下天罗地网等待敌人。

二更时分,高明和高觉打头阵,袁洪和吴龙、常昊三人领军在后方接应,一行人悄悄地来到周营。

姜子牙站在将台上披发仗剑,口中念念有词,顿时风云涌动,飞沙走石。

九十一 火烧邬文化

高明和高觉闯进周营,被李靖六个人团团围住。姜子牙在台上作法,门人们从东、西、南、北四个方向一起震动桃桩,天上和地上各出现一张大网,把两人困在当中。姜子牙祭起打神鞭,把两个树妖打死了。

混战中,韦护祭起降魔杵打吴龙,吴龙化成青光逃跑;哪吒祭起九龙神火罩烧常昊,也被常昊逃脱;杨任打算用五火七禽扇烧死袁洪,反被袁洪一棍打死。

天亮后,姜子牙清点人数,才发现杨任阵亡,心里十分痛惜。

杨戬说:"我们经过一夜大战,虽然斩了高明和高觉,但损失了杨任。弟子见袁洪等人不是等闲之辈,打算到终南山借照妖镜看看他们的底细。"姜子牙点头同意。

杨戬借土遁来到终南山玉柱洞,把袁洪等人的情况告诉云中子。云中子说:"他们是梅山七怪,只有你能降伏。"说完,把照妖镜借给杨戬。

第二天,袁洪派常昊到阵前挑战。杨戬催马舞刀来战。两个人大战了二十回合,常昊夺路而逃。杨戬在后面紧追不放,趁机取出照妖镜观看,看到眼前是一条巨大的白蛇。常昊这时现出原形。只见怪风卷起,冷气森森,一条白蛇出现在黑雾之中。

杨戬已经知道了常昊的底细,摇身一变,化作一只巨大的蜈蚣,用大钳子把白蛇截成数段。然后现出本相,发了一个五雷诀,只听得雷声一响，妖怪顿时化成飞灰。

袁洪知道常昊已死，大骂道："杨戬，你害死了我的大将，我要你血债血偿！"

哪吒蹬着风火轮冲出阵来，祭起九龙神火罩把袁洪罩住，然后用手一拍唤出九条火龙。可袁洪会七十二变，早已借火光逃走。

吴龙见哪吒发威，举起双刀来战哪吒。杨戬通过照妖镜观看，发现镜子里的是一只蜈蚣。

杨戬对哪吒说："道兄，把这个妖怪交给我对付。"

吴龙见杨戬来战自己，现出原形。杨戬摇身一变，化成一只五色雄鸡，把蜈蚣啄成数段。

袁洪见两个帮手都被杨戬杀了，心里闷闷不乐。他装模作样地对众将说："没想到常昊和吴龙竟然是妖怪，差点被他们坏了大事。"

殷破败、雷开和众位将领看见己方的大将竟然是妖怪所化，纷纷感叹国家不祥，才会有妖孽出来作乱。他们对袁洪说："姜子牙是昆仑山上的有道之士，身边又有三山五岳的众多门人相助，我们肯定打不过他，请元帅早作打算。依我们看，不如撤兵回朝，安排好防御之法，固守住都城。"

袁洪却说："众位将军说得不对！姜尚身边虽然有很多能人异士，但是他们远征来到此地，即使再厉害也打不过我们。你们就在这里看我打败他吧。"

众位将领回到自己的营帐，鲁仁杰来找殷成秀，说："如今朝廷重用妖怪担任将领，怎么会获胜？我与将军一家世代深受皇恩，不能不报，但就算以身殉国，也要死在朝歌，而不是这里。我们不如找机会返回朝歌。"殷成秀点头同意。恰好军营没粮了，要派人去朝歌催粮，鲁仁杰和殷成秀便站出来主动请缨。

此时，朝歌来了一个叫邬文化的大汉，身高数丈，力大无穷，一顿饭可以吃掉一头牛。他揭下了招贤榜文，前来投军。纣王便派邬文化到孟津帮助袁洪。袁洪见邬文化外形像金刚一样，心中大喜。第二天，他就派邬文化出阵挑战。

周军看见邬文化，都大吃一惊。龙须虎不服气，出阵迎战。

邬文化低头看着龙须虎，大笑道："你这只虾米是从哪里来的？"龙须虎大怒，随手扔出一块巨石。邬文化由于身体巨大，转身不便，被龙须虎的飞石打得遍体鳞伤。

龙须虎得胜归来。周营将领见邬文化并没有什么特殊本领，也就没有把他放在心上。

邬文化回到军营，袁洪埋怨道："你今天初次交锋就遭遇惨败，怎么这么不小心！"

邬文化说："元帅不要生气，今晚我就去劫营，管保让他们片甲不留！"

袁洪说："好，我会助你一臂之力的。"

二更时分，殷商的军营一声炮响，邬文化带头闯进周军的辕门。袁洪在营中作法，放出妖气，笼罩在周营上空。漆黑之中，没有人能抵挡邬文化的强烈冲撞，大家都慌不择路，各自逃命。袁洪趁机冲进周营，用妖术杀了很多人。

龙须虎出来截住邬文化，反被当场杀死。邬文化一直冲到后营粮草库。杨戬负责看守粮草，见邬文化来势汹汹，他心生一计。只见杨戬把一根草竖立在手心，说声"变"，小草立刻变成了一个顶天立地的大汉，比邬文化高出许多倍。邬文化大吃一惊，扭头就跑。

杨戬在后面追赶，遇到了迎面而来的袁洪。杨戬祭起哮天犬，袁洪急忙化作一道白光逃跑。

其他诸侯见周营被劫，纷纷派兵来救援。双方陷入混战，一直杀到天亮才结束。姜子牙清点人数，发现损失了士兵二十万人，将官三十四个。看见龙须虎的尸体后,姜子牙更是悲伤。

杨戬对姜子牙说:"师叔,当务之急是先铲除邬文化,再作打算。"姜子牙点头同意。

杨戬借土遁在孟津附近巡查,发现一个叫蟠龙岭的险峻要塞,这里两侧的山势如同龙蛇一样盘移,中间是一条大路,只有两端可以出入。杨戬立即心生一计。他回到军营,把自己的计策说给姜子牙听。姜子牙听后大喜,命令武吉和南宫适带上火炮、火箭以及柴草等到蟠龙岭埋伏。

商军这次大败周军,邬文化立了大功,纣王马上派人重赏他和袁洪。两个人在军营里开怀畅饮,袁洪说:"能够得到邬将军的帮助,实在是大王的福气啊!"

邬文化说:"末将明天再去杀姜子牙一个措手不及,这样我们就可以早点凯旋了!"袁洪大喜。

两个人正喝着酒,一个士兵进营禀告:"元帅,姜子牙和姬发在辕门外面偷窥我军。"

邬文化站起身说:"元帅,末将这就把两个逆贼捉回来。"

姜子牙和武王见邬文化追来,急忙向西南方向逃跑。邬文化一口气追赶了五六十里,累得气喘吁吁。姜子牙见邬文化停下脚步,就高声断喝:"邬文化,你敢和我交手吗?"

邬文化大怒:"有什么不敢的!"说完,继续向前追赶。不知不觉,邬文化已经来到了蟠龙岭。

武吉和南宫适见姜子牙把邬文化引进山中,先让姜子牙和武王通过,然后放下木石阻挡住前后两个路口。

邬文化追进山谷,却发现姜子牙和武王不见了踪影。就在他四处寻找时,只听得两边炮声响起,杀声震天,无数的火箭、巨石、干柴一股脑地从山上滚落,把邬文化烧成灰烬。

杨戬除妖 九十二

姜子牙听说邬文化被烧死，长舒了一口气，问杨戬："现在只剩下袁洪没有除掉，我们该怎么办？"

杨戬说："袁洪是梅山得道的白猿，我们不能操之过急。"

姜子牙说："也好，等东伯侯来到孟津，我们再发起进攻。"

袁洪听说邬文化遇害，心中不乐。他正在军营里独自喝闷酒，一个士兵进来报告："辕门外有一个头陀求见。"袁洪传令请进来。

头陀来到军营，施了一礼，说："元帅，贫道是梅山人氏，和您相隔不远。姓朱，名子真，专程来助元帅对付姜子牙。"袁洪大喜。

朱子真

封神榜上的伏断星。梅山七怪之一，由野猪修炼成精的妖怪，口吐黑气，兵器为一把不知名的宝剑。

殷破败、雷开听说朱子真是梅山的人，轻声说："这又是常昊和吴龙的同伙。"

第二天，朱子真提着宝剑来到周营外面挑战。南伯侯的副将余忠骑马来战朱子真。两个人打了二十回合，朱子真转身就走，余忠在后面追赶。朱子真跑到没人的地方停了下来，把口一张，喷出一道黑烟，将四周笼罩住，在雾中现出了原形。他张开血盆大口把余忠咬成两半。然后朱子真变回人形，继续回到军前挑战。

杨戬用照妖镜一照，发现对方是一只大猪。他立即催马上前，挥舞着三尖两刃刀大喝一声："孽障，我来了！"

朱子真急忙举起宝剑招架。两个人打了十个回合，朱子真抽身就跑。杨戬知道朱子真的把戏，追了上去。果然朱子真现出原形，直接把杨戬吞进肚子。

袁洪见朱子真立功，心中大喜，马上设宴款待。两个人正在喝酒，从营外来了一个书生，自称杨显，梅山人氏。原来杨显也是梅山七怪之一，是山羊

杨显

封神榜上的反吟星。梅山七怪之一，由山羊修炼成精的妖怪。

成精。

当天晚上,朱子真听见肚子里有人说话,吓得魂不附体,急忙问:"你是谁?"

杨戬在朱子真的肚子里说:"我是玉鼎真人的徒弟杨戬。你这孽障在梅山不知道吃了多少人,实在是恶贯满盈。我今天来帮你清洗一下肠胃。"说完,用力掐朱子真的心肝。

朱子真大叫一声:"疼死我了!大仙饶命啊!"

杨戬说:"你想活还是想死?"

朱子真哀求道:"望大仙大发慈悲。小畜在梅山修炼千年才修成人形,今天不知深浅,触犯了您,请大仙高抬贵手,饶我这次吧!"

杨戬说:"好,你如果想活命,就现出原形,跪着爬到周营,否则我把你的心肝全部掐碎。"

朱子真没有办法,只好变身成猪,晃晃荡荡地走向周营。袁洪和杨显看到这一幕,都气得暴跳如雷。

当晚是南宫适巡营,他看到一头猪来到军营,对士兵说:"这应该是百姓家里走失的猪,天亮后让失主领回去。"

杨戬在猪精的肚子里急忙大喊:"将军,这不是普通的猪。请告知姜元帅,这是梅山的猪精。"

南宫适这才知道杨戬在猪的肚子里,心中大喜,立刻向姜子牙汇报。姜子牙听说后,带领门人来到辕门,果然看到一头大猪跪在外面。姜子牙骂道:"你这孽障,何苦自讨苦吃。"

杨戬说:"请元帅斩了此怪,以绝后患!"

姜子牙传令:"请南宫将军行刑。"

南宫适手起刀落,把猪头砍了下来。杨戬借着血光现了真身。

商营中,袁洪对杨显说:"朱子真露出本相,把我们梅山七怪

戴礼

戴礼

封神榜上的荒芜星。梅山七怪之一，由狗修炼成精的妖怪，兵器是双刀，腹中炼成一块狗宝，化为碗口大小的红珠，能打人。

的脸都丢尽了。"

杨显大骂道："一定要找姜子牙和杨戬报仇！"两个人正在议论，来了一个叫戴礼的梅山道士。戴礼是梅山的狗精，也是七怪之一。

第二天，袁洪派杨显来到周营外面挑战。

杨戬用照妖镜一照，认出了杨显的原形，脑海中立即浮现出对付他的方法。于是他纵马舞刀，砍向杨显。

两个人正在打斗，戴礼举起双刀来助阵。哪吒大喝一声："不要伤我道兄！"蹬起风火轮抵住戴礼。

杨显打了二十回合，诈败逃走，杨戬在后面紧追不放。杨显在马上吐出一道白光，然后现出原形，要来吃杨戬。杨戬立刻变成一头白额斑斓猛虎，恰好是克制山羊的天敌。杨显见势不妙，急忙逃跑，被杨戬一刀砍下了头。

戴礼和哪吒正打得激烈。戴礼从嘴里吐出一粒红珠，有碗口大小。哪吒抵挡不住，败回本阵。杨戬从照妖镜里认出戴礼是狗精，祭起哮天犬来咬戴礼。哮天犬是神犬，是妖犬的克星。戴礼急忙逃跑，被杨戬斩落马下。

杨戬先后斩杀了五怪，姜子牙大喜，在军营里为杨戬庆功。

杨戬除妖

九十三 袁洪之死

袁洪见同伙陆续被杀,心里非常不痛快。殷商众将看到了梅山诸妖的原形,都在私下里交头接耳,议论纷纷。

当晚,又有一员叫金大升的猛将来投奔袁洪。这金大升是梅山的水牛精。

第二天,金大升骑着独角兽,提着三尖两刃刀到周营外挑战。郑伦主动请缨,来到阵前迎战。

金大升是水牛精,腹内有一块牛黄。两个人打了三十回合,金大升吐出碗口大小的牛黄,把郑伦撞下了金睛兽。金大升趁机手起一刀,砍死了郑伦。

姜子牙见郑伦遇害,泪如雨下。杨戬气愤不过,骑上银合马,来战金大升。两个人都使用三尖两刃刀,大战了三十回合。杨戬一时忘记使用照妖镜,没提防金大升吐出牛黄。见牛黄来得太快,他急忙化成一道金光逃跑。金大升在后面紧紧追赶。杨戬取出照妖镜往后一照,看到里面是一头水牛。

杨戬刚要捉拿水牛精,忽然飘来一阵奇异的香气,天空中出现了五彩祥云,云中隐约看到一对黄幡迎风招展。一位雍容大气的仙姑坐在青鸾上飘然而至,她的旁边站立着八个女童。

仙姑说:"杨戬,我是女娲娘娘。如今殷商气数已尽,周室当兴,我特意前来助你降妖。"说完,对女童说:"用此宝把孽畜牵来。"

女童截住金大升,大喊:"孽畜,女娲娘娘在此,不得无礼!"

金大升大怒,挥刀就砍。女童把缚妖索祭在空中,只见黄巾力士用金环穿住金大升的鼻子,用铜锤把金大升打回了原形。

女娲对杨戬说:"杨戬,你先把水牛精带回周营让姜子牙发落。我还会帮助你收服白猿。"

杨戬谢过女娲,把水牛精牵回周营。姜子牙见了,命令南宫适当众把水牛精的头砍下。

姜子牙对杨戬说:"如今梅山七怪已经被你灭了六个,只剩下袁洪一人。我安排今晚劫营,你负责降伏白猿。"杨戬点头答应。

二更时分,周营一声炮响,六百镇诸侯一起杀向商营。

袁洪提着水火棍刚出军营,就遇到了迎面而来的杨戬。仇人相见分外眼红。两个人都会七十二变,于是各施神通,变化无穷。

袁洪暗想:"我独木难支,不如把杨戬骗到梅山,再另想办法消灭他。"于是向梅山方向逃跑。杨戬在

金大升

封神榜上的天瘟星。梅山七怪之一,由水牛修炼成精的妖怪,力大无穷、能口吐牛黄烧人。

后面紧追不放。

袁洪变成一块怪石立在道路旁边。杨戬正在追赶，突然不见了袁洪，连忙睁开眉心的神眼观看，认出了袁洪变化的怪石。

杨戬随即变成一个石匠，拿着锤子就要上前去锤打。袁洪见自己被识破，化成清风逃跑。一路上，两个人施展变化，打打停停，一直来到梅山。

杨戬追到梅山，不见了袁洪的踪影。他正在四处寻找，忽然被千百只小猴子围攻。杨戬见自己无法取胜，准备离开梅山。这时，女娲娘娘突然降临。

女娲娘娘说："杨戬，白猿与你一样会七十二变，和你棋逢对手。我把山河社稷图和使用方法都传授给你，可以助你降伏此妖。"说完便回宫去了。

杨戬朝着女娲娘娘的仙驾叩首拜谢。他把山河社稷图挂在一棵大树上，重新回到梅山。

袁洪见杨戬返回，大骂："杨戬，你又回来送死！"

杨戬笑着说："我特地来降伏你这猴头！"

🔥 山河社稷图

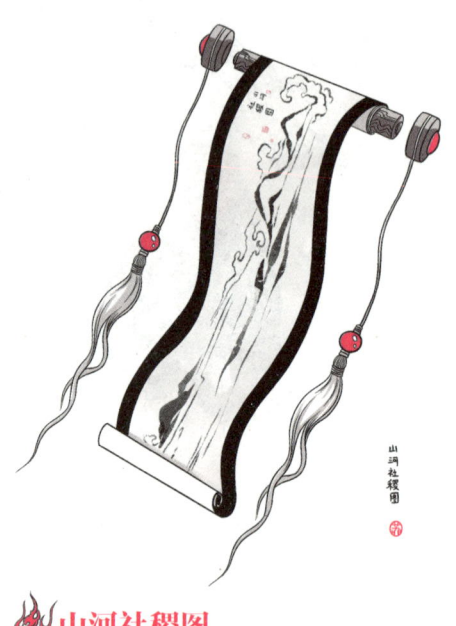

原本是女娲的法宝，后来交给杨戬收服梅山七怪中的袁洪。山河社稷图中有另外的世界，一旦进入就难以跳出。

袁洪大怒，举棍砸向杨戬。

两个人大战了一百回合，杨戬转身就跑，来到一座高山上。袁洪不知道它是山河社稷图变化出来的，也跟着上了山。见袁洪入了圈套，杨戬一跃而下，从山河社稷图中脱身而出。袁洪却还在山中上蹿下跳，左奔右跑。

山河社稷图有无穷无尽的变化，任何人身处其中，脑海中想到山眼前就会出现山，想到水就有水，袁洪不知不觉便现出了本相，变回白猿。

白猿看到前面有一片桃林，树上结着香甜的桃子，跑过去吃了个尽兴。正在这时，杨戬提刀赶来，白猿想要起身反击，谁知吃了桃子后肚子变得有千斤重，怎么也起不了身。杨戬一把抓住白猿，用缚妖索捆了，然后收起山河社稷图，把白猿带回军营来。

姜子牙见袁洪被捉住，心中大喜。杨戬把白猿押到辕门外，手起刀落，砍下了它的头。可猿头掉落在地，颈项上却没有血。不一会儿，从颈项上长出一朵白莲，中间又出现一颗头。杨戬连砍数刀，都无法处死白猿，急忙来向姜子牙汇报。

姜子牙说："白猿采集天地灵气，吸收日月精华，修炼成精，能有这般变化的本领也不奇怪。"他想起陆压道人留下的法宝，于是取出红葫芦，揭开盖子。只见从里面射出一道白光，中间出现一个小东西。姜子牙大喝一声："请宝贝转身！"小东西转了两圈，白猿的头立刻落地，鲜血从颈项里流出。

九十四 智取游魂关

袁洪已死,殷破败和雷开率领残兵败将逃回朝歌,把情况汇报给纣王。纣王大吃一惊,一面贴出告示重金聘请能对抗周军的高人,一面让鲁仁杰抓紧时间操练士兵。

再说金吒和木吒奉姜子牙的命令,前往游魂关帮助姜文焕。两个人一合计,认为正面强攻会损兵折将,不如假扮成截教的人进入游魂关,来个里应外合。于是,金吒让副将带领周军与姜文焕会合,让姜文焕做好准备,自己则和木吒借土遁来到游魂关内。

游魂关的守将叫窦融,他听说有两个道人来见自己,命人请入。

金吒和木吒上前施了一礼:"将军,贫道稽首了。"

窦融问:"道长来这里有什么事吗?"

金吒回答:"贫道二人是东海蓬莱岛的孙德和徐仁。我们兄弟四处闲游偶然从此经过,见姜文焕打算通过游魂关,前往孟津会合天下诸侯。我夜观天象,发现殷商的气数正旺,姜尚等人实在是自寻死路。因此我们特地来帮助将军对付姜文焕。"

窦融听完,沉思不语。副将姚忠说:"主将不能相信这个道士的话!姜尚有很多门人,他们没准就是姜子牙派来的奸细,好里应外合,攻破游魂关。"

金吒笑着对木吒说:"道友,果然不出你所料。"又对窦融说:"将军应该有这种警惕性。但贫道的师叔在万仙阵中死于姜尚之手,我们来这里也是为了替师叔报仇雪恨。既然将军不相信,贫道就告退了。"说完转身就走,大笑着出门去了。

窦融正缺人手,见金吒这么说,就相信了他的话,急忙命令军政官把两个人追回来。

金吒和木吒装模作样地不肯回去。军政官哀求说:"两位师父若不回去,我也不敢去见将军了。"

木吒说:"道兄,窦将军既然来请我们回去,不妨看看他会怎样对待我们。如果重视,就替他守城;如果轻视,我们再走也不迟。"金吒勉强答应。

窦融听说两位道人返回,亲自出来迎接,连忙向他们赔不是,命令左右设宴款待。

第二天,金吒出关挑战。姜文焕派大将马兆迎战。两个人步马相交,金吒祭起遁龙桩一举将马兆困住。窦融大喜,带领士兵一齐冲杀。姜文焕急忙鸣金收兵。

窦融回城后,命令左右把马兆斩首。金吒说:"先留他一命,等我抓了姜文焕,一起押解送往朝歌。"

第三天,姜文焕亲自出战,金吒和木吒一起迎了上去。三个人打了七八回合,姜文焕拨马便走。金、木二吒随后追赶。

三人来到一个僻静的地方,金吒对姜文焕说:"今夜二更,贤侯可引兵杀到关下,我们好里应外合,拿下游魂关。"姜文焕道了谢,双方又假意打斗了一番,然后各自收兵回营。

窦融见金吒空手而归,好奇地问:"师父为什么不用宝贝捉姜文焕?"

金吒回答:"贫道刚要使用法宝,反被逆贼射了一箭。明天再捉他不迟。"

三人正在殿上商量对策,窦融之妻彻地夫人上殿,对窦融说:"将军,两位道长毕竟是生人,你不能过于信任。望将军慎重。"

金、木二吒说:"窦将军,既然夫人怀疑我们,我们就此告辞。"说完转身就走。

窦融急忙拉住金、木二吒:"师父休怪。我夫人是女流之辈,不要和她一般见识。"两个人这才停下脚步。

二更时分,只听得关外喊杀连天,金鼓大作,东伯侯的大军杀至关下。中军官入府,击云板,急忙向窦融报告。窦融连忙走出大殿,带领众将来到城墙上瞭望,彻地夫人也披挂提刀而出。

金吒对窦融说:"姜文焕夜间攻城,将军可以打开城门,贫道出去用法宝抓住他,将军也好早早向朝廷报捷。"

窦融大喜,命人打开城门,带领人马冲出。窦融遇到迎面而来的姜文焕,大骂:"反臣!今日你的死期到了!"姜文焕也不答话,挥舞手中的大刀直取窦融。窦融举刀招架。一时二马相交,双刀并举。

金吒偷偷地祭起遁龙桩,把窦融困住。姜文焕趁机斩了窦融。木吒祭起吴钩剑斩杀了彻地夫人。姜文焕率领大军攻下了游魂关。

九十五 文焕怒斩殷破败

不久，姜文焕率领二百镇诸侯来到孟津。八百镇诸侯终于齐聚，共计人马一百六十万。众人推举姜子牙担任大元帅，率领大军浩浩荡荡杀向朝歌。

大军正在行进，前方哨马来报告："启禀元帅，前队人马已经到了朝歌，请元帅定夺。"

姜子牙传令："全军就地安营扎寨。"

朝歌的守将连连告急："八百镇诸侯兵临城下，共有一百六十万的人马，来势凶猛，请大王快点拿主意。"纣王大吃一惊，急忙带领百官上城来看。

纣王见敌方大军队伍庞大，气势雄伟，这才慌了神，急忙问："叛军汇集城下，众卿有什么好办法化解危机？"

鲁仁杰说："如今国库空虚，百姓生怨，军心俱离，即便有良将，也难以服众。不如派一个能言善辩的人，前去和四大诸侯谈判，陈说君臣大义，兴许还能化解危机。"

纣王沉吟很久，没有回答。中大夫飞廉说："大王，重赏之下，必有勇夫。偌大的朝歌，一定会有隐世的英雄。大王可以加重赏金，继续招贤纳士，选得良将对抗叛军。"

纣王大喜："就按照飞爱卿所说的去办吧。"

朝歌城外三十里的地方，居住着一叫丁策的隐士。他听说周兵来围朝歌，叹息道："纣王失德，荒淫无道，残害生灵，才会有天下诸侯会兵至此。可惜殷商要毁在纣王的手里啊！"

这时，他的结义兄弟郭宸找上门来，说："纣王出了招贤榜文。以兄长的才学，现在正是建功立业的大好时机。"

丁策笑着说："贤弟的话虽然有理，但纣王失政，才导致诸侯叛乱。何况姜子牙有三山五岳的门人帮忙，我们此时投军，岂不是白白送了性命。"

郭宸说："兄长此言差矣！我们是殷商的子民，在国家危亡的时候，就要挺身而出。"

丁策说："贤弟，这件事咱们要从长计议。"

二人正在争论，从门外闯进一个大汉。丁策一看，原来是另一个结义兄弟董忠。

董忠大喊："两位兄长，小弟已经替咱们三人揭了招贤榜文，纣王明天早朝就会接见我们三个！"

丁策说："贤弟不问我一声，就将我的名字投出去，也太草率了。"但事已至此，他只好同意。

第二天，丁策三人来到王宫。纣王见丁策谈吐不凡，心中大喜，封他为神策上将军，郭宸、董忠为威武上将军，与鲁仁杰一起出城抵抗诸侯联军。

探马回来报告姜子牙："殷商大军已在城外立下营寨。"姜子牙带领众门人出营观看。

鲁仁杰一马当先，对姜子牙说："我是纣王驾下的总督兵马大将军鲁仁杰。姜子牙，你是昆仑山有道之士，怎么能联合其他诸侯，背叛朝廷？现在如果及时醒悟，大王绝不深究。如果继续执迷不悟，到时候悔之晚矣！"

姜子牙笑着说:"鲁将军真是不识时务。纣王罪恶贯盈,人神共弃,因此天下诸侯才会兴兵讨伐。"

鲁仁杰大怒,派郭宸进攻。南宫适上前抵住郭宸。大战一触即发,两方阵营杀声震天。

丁策骑着马摇枪冲杀过来助战,被武吉拦住。南伯侯鄂顺飞马出战,与董忠打了起来。姜文焕大喝一声,举起钢刀劈了董忠。哪吒大叫:"我来了!"说完,祭起乾坤圈砸中丁策。郭宸见两个兄弟都死了,急忙逃跑,被杨戬一刀劈于马下。鲁仁杰知道不能取胜,只好鸣金收兵,回来向纣王汇报。

纣王问群臣:"我们现在该怎么办呢?"

殷破败说:"老臣与姜子牙虽然不熟,但毕竟打过交道,愿意冒死到周营劝他退兵。他如果不同意,老臣就以死殉国。"纣王没有其他办法,只好同意。

殷破败出城,来到周营面见姜子牙,无非说了一番忠君爱国的大道理,劝姜子牙退兵。姜子牙一一列举了纣王的无数暴行,坚持要为了天下百姓讨伐暴君,不肯退兵。其他诸侯听了殷破败的话,都十分气愤。姜文焕难以压制心头的怒火,更是大骂殷破败。

殷破败被姜文焕骂得勃然大怒,大声喝道:"你父亲图谋篡位,谋逆天子,才有你这个逆子!"姜文焕气得涨红了脸,提刀杀了殷破败。

姜子牙悲叹一声,说:"殷破败作为使臣来议和,我们应该以礼相待,不该擅自杀戮。"

姜文焕说:"这匹夫说长道短,实在可恨。不杀他难解我心头之恨。"

姜子牙长叹一声:"事已至此,后悔也来不及了。"于是命令左右把殷破败的尸体抬出,以礼厚葬。

九十六 大战纣王

纣王在殿上和大臣们议事,听说殷破败遇害,大吃一惊。殷破败的儿子殷成秀哭着说:"两国相争,不斩来使。姜子牙他们欺人太甚,臣愿拼死为父亲报仇。"

纣王安慰道:"千万要小心。"殷成秀点起人马出城,来到周营外叫骂。

姜文焕调本部人马出辕门来战殷成秀。仇人相见,分外眼红。二人大战三十多个回合,姜文焕一刀把殷成秀斩于马下。可怜殷破败父子全都以身殉国。

纣王得知消息,惊魂不定地询问左右:"情况危急,我们该怎么办?"

鲁仁杰回答:"臣愿意亲自上城,设法保护城池,先缓解燃眉之急。"说完走出大殿,率领人马来到朝歌城墙上。

姜子牙见鲁仁杰守城有法,对门人说:"鲁仁杰是忠烈之士,如今尽心守城,我们一时半刻恐怕难以攻克朝歌城。"

众门人说:"师叔,我们干脆各施神通,飞进城内里应外合,自然一举成功。"

姜子牙急忙劝阻:"不可以。如果你们用法术攻进城,难免伤及无辜。朝歌城的百姓已经饱受纣王的暴政,我们讨伐纣王,完全是为了解救百姓。如果再造杀戮,反而害了他们。最好的办法是先写一则告示射入城中,告知全城百姓。一旦民心归附我们,那么朝歌城不久就会不攻自破。"

姜子牙写好信,命人抄写了数十份,从四面八方射入朝歌。城中的军民看了姜子牙的信,顿时全城轰动,都打算投降。三更时分,朝歌四扇城门大开,士兵和百姓一齐涌出,大喊:"欢迎武王入城!"

姜子牙大喜,对众将说:"每个城门只能进兵五万,其余人都在城外驻扎,不可擅自入城搅扰。如果有人私自入城擅取老百姓的财物,军法处置!"然后,亲自带领一批人马进入朝歌。大军秩序井然,对百姓秋毫无犯。

纣王此时还在宫中与妲己饮酒作乐,听得外面杀声震天,急忙询问情况。得知朝歌军民主动献城,周军已经入城,纣王大惊失色,他立即点起全部人马,跨上逍遥马,拎起金背刀,来到午门外。

只见姜子牙全副武装,手执宝剑,威风凛凛地骑在四不像上,身后是东伯侯姜文焕、南伯侯鄂顺、北伯侯崇应鸾,正中央是武王姬发。

姜子牙见纣王出战,欠身说:"大王,请恕老臣姜尚甲胄在身,不能行全礼。"

纣王说:"姜尚,你曾是我的臣子,却为什么跑到西岐反叛我?如今还领着天下诸侯进犯朝歌,实在是罪大恶极!现在我亲临阵前,你还不思悔改,主动撤兵,实在可恨!我今天一定要杀了你这个乱臣贼子!"

姜子牙说:"大王坐拥天下,上不敬天,下不体恤万民,一味沉迷酒色,听信谗言,屠杀百姓,残杀忠良,早已失德于天下。如今军民生怨,八百镇诸侯纷纷反抗,陛下是自取灭亡,怪不得别人。"

纣王说:"你说我有罪,我犯了什么大罪?"

姜子牙正气凛然地说:"天下诸侯,请听我将纣王的罪行一一道来。"众诸侯一起走上前来,听姜子牙列举纣王的十大罪状:

一、远君子,亲小人,败伦丧德;

二、害死王后,立妲己为王后,纵欲无度;

三、赐死太子,忘记祖宗;

四、用酷刑害死大臣;

五、无缘无故处死东伯侯和南伯侯;

六、造炮烙,设虿盆;

七、造酒池肉林,造鹿台,劳民伤财;

八、调戏黄飞虎的妻子,摔死黄贵妃;

九、残虐生命,敲断老人、少年的腿,剖开孕妇的肚子;

十、私纳胡喜媚,与妲己等人昼夜笙歌,乱了礼法。

纣王听完姜子牙数落自己的十大罪状,气得目瞪口呆。这时八百镇诸侯一起高喊:"诛杀无道昏君!"

姜文焕大喝一声:"纣王,我父亲和姐姐被你害死。今天不杀了你,难解我心中之恨!"

南伯侯鄂顺厉声大喊:"无道昏君!我与你有不共戴天之仇!"说完二侯与纣王在午门前厮杀起来。

北伯侯崇应鸾见东、南二侯大战纣王,也催马赶来相助。纣王见又来了一路诸侯,抖擞神威,力战三路诸侯,一口刀抵住三般兵器,只杀得天昏地暗。

武王在逍遥马上叹息:"大臣围攻天子,成何体统!"急忙对姜子牙说:"相父,他们三个人与天子抗礼,实在失礼。"

姜子牙说:"大王,纣王犯下十件大罪,天下之人都可以诛杀他。您不要再对纣王讲仁义了!"说完,传令士兵:"擂鼓!准备进攻!"

天下诸侯听到鼓响,纷纷杀出,把纣王围在垓心。

九十七 子牙擒妲己

纣王被众诸侯围在垓心,全然不惧,将南伯侯一刀斩落马下。鲁仁杰等人见纣王被围攻,纷纷上前助阵。哪吒大喝:"不得猖獗,我来了!"杨戬等人一起大喊:"今天大会天下诸侯,诛杀暴君,我们也去帮忙!"说完,一拥而上。

哪吒祭起乾坤圈砸死了鲁仁杰,其他几名殷商大将也被杨戬等人消灭。姜文焕见哪吒等人立功,举起手里的钢鞭朝纣王打来。纣王急忙躲闪,可钢鞭来得太急,还是被打中后背,几乎落马。纣王夺路而逃,跑进午门,急忙下令关闭城门。

众诸侯见午门紧闭,只好鸣金收兵。

纣王被姜文焕一鞭打伤后背,回到九间殿后,许久都低头不言,过了好一会儿才自言自语道:"我真是后悔没有听从大臣们的劝告,才有今天的耻辱!"

飞廉见纣王大势已去,来找恶来密谋,想要投降西岐。

恶来笑着说:"你和我想到一起了。"

飞廉说:"我们不妨把传国玉玺偷出来,等武王入城时,再把国玺献出。武王必定会厚待我们,给我们加官晋爵。"

恶来说:"兄长太高明了!"

纣王来到后宫,看到妲己、胡喜媚,以及死而复生的琵琶精改头换面化身成的玉贵人,不由得觉得心头酸楚。他难过地对妲己说:"我不听大臣们的劝告,胡作非为,才导致众叛亲离。今天殷商就要断送在我的手里,我有什么脸面见先帝?现在后悔也没有用了!只是我死以后,你们一定被姬发霸占。一想到这里,我心中就无比难过!"

三妖哭着对纣王说:"妾等蒙受大王眷爱,刻骨铭心,永世难忘。"四个人抱头痛哭,难舍难分。

妲己说:"大王,妾身生长将门,也曾学过武艺。妹妹喜媚与玉贵人还会法术。今晚臣妾三人将会为你报仇雪恨!"纣王听了大喜。

姜子牙因白天一战大获全胜,一时掉以轻心,忘记了朝歌城中还有三个妖精。

二更时分,三妖全副武装,前来劫营。妲己手持双刀,胡喜媚使两口宝剑,玉贵人耍一把绣鸾刀,她们都骑着桃花马,一声大喊,冲进周营。一时间播土扬尘,飞沙走石。周营的军士晕头转向,惊慌失措。

姜子牙来到帐外观看,只见妖风弥漫,急忙传令:"众门人一起降妖!"

哪吒蹬起风火轮,摇火尖枪;杨戬纵马,使三尖刀;雷震子使黄金棍;韦护用降魔杵;李靖摇方天戟;金、木二吒用四口宝剑,七人一起迎战三妖。

三妖被围在当中,横冲直撞。姜子牙用五雷正法镇压邪气,只听得半空中一声霹雳,把三妖震得胆战心惊。三妖见势不妙,借一阵怪风,连人带马冲出周营,逃进宫内。

纣王见三妖返回,急忙问道:"三位爱妃劫营胜负如何?"

妲己说:"姜子牙早就做好了准备,无法得手,我们三人还差点遇害。"

纣王大吃一惊,难过地说:"看来天意如此,不是人力可以改变的。你们各自逃生去吧,免得受到牵连。"说完,独自一人上了摘星楼。

妲己对二妖说:"纣王一定去自尽了,我们眼下该去哪里呢?"九头雉鸡精说:"还是回轩辕坟。"玉石琵琶精说:"姐姐说得很对。"三妖达成了一致意见。

周营将士被妲己等人昨晚大闹一场,惊魂甫定。姜子牙对门人说:"都怪我一时疏忽,才被三妖劫营。"说完,卜了一卦,大喊一声:"差点让三妖逃去。"急忙对杨戬、韦护和雷震子说:"你们火速把三妖捉来。不得有误!"

三个门人领令,各驾土遁,在空中观察三妖的动向。

三妖在宫中吃了几个宫人,才驾妖风向轩辕坟赶去。杨戬听见风响,对雷震子、韦护说:"妖精来了!大家小心!"说完拎起宝剑拦在半路上,大呼说:"怪物休走!吾来也!"

九头雉鸡精见杨戬仗剑赶来,大骂道:"我们断送了纣王的天下,才成就了你们的功名。你们不知报答,反来害我们,真是岂有此理!"

杨戬大怒说:"妖精,废话少说!我奉姜元帅将令,专门来捉拿你们。休想走,吃我一剑!"雉鸡精连忙举剑来迎。雷震子挥舞黄金棍打来,被九尾狐狸精用双刀架住。韦护举起降魔杵打来,被玉石琵琶精用绣鸾刀接住。

但三妖哪里是杨戬三人的对手,几个回合后就败落下风,急忙驾妖光逃走。杨戬三人在后面紧追不放。

眼看快追上了,杨戬祭起哮天犬,把九头雉鸡精的头咬掉了一个。那妖精顾不得疼痛,带伤逃窜。杨戬驾土遁紧追。雷震子追赶九尾狐狸精,韦护追赶玉石琵琶精。突然空中飘来一股异香,只见女娲娘娘骑着青鸾,驾五彩祥云赶到。

九十八 纣王自焚

女娲阻挡住三妖。三妖不敢前进，俯伏在地，说："求娘娘救命。"

女娲吩咐碧云童子："用缚妖索把这三个孽障捆了，交给杨戬，让姜子牙发落。"碧云童子领命，将三妖捆绑起来。

三妖急忙恳求："当初是娘娘让我们去朝歌迷惑纣王，断送他的天下。如果我们完成了使命，娘娘却要把我们交给姜子牙发落，岂不是出尔反尔？"

女娲生气地说："孽障，我让你们断送纣王的天下，是殷商气数已尽。但你们三个孽障在朝歌荼毒忠烈，残害无辜，罪大恶极，理应正法。"

杨戬三人见到女娲，倒身下拜。女娲说："杨戬，你们把三妖押走，交给姜子牙正法。"三个人连忙感谢女娲，把三妖押回周营。

杨戬进营来报，姜子牙大喜，下令将三妖押到辕门，准备行刑。姜子牙对三妖说："你们三个妖孽，无端造恶，残害生灵，今天就是你们的死期！"

妲己哭着哀求说："妾身是冀州侯苏护之女，被纣王选为妃子。纣王荒淫无度，和我没有关系啊！"

姜子牙大喝一声："你哄骗别人也就算了，今天还想来骗我！"

说完命令左右把三个妖精斩首示众。

韦护镇压住玉石琵琶精，杨戬镇压住九头雉鸡精，二妖都被斩首。只有雷震子在监斩妲己时，因妲己使用妖法，把举刀的士兵迷得晕头转向，导致迟迟无法行刑。姜子牙见了对众人说："这个妖精是千年狐狸精，最擅长迷惑人，还是由我来亲自行刑。"

姜子牙命令士兵摆设香案，取出陆压道人的葫芦放在香案上，然后揭开顶盖。只见一道白光上升，光中现出一物，有眉，有眼，有翅，有足，在白光上旋转。姜子牙大喊："请宝贝转身！"那宝贝连转两三圈，妲己便头颅落地。

纣王独自坐在宫中叹气，突然听到左右禀告："三位娘娘的首级被挂在周营辕门上。"纣王大惊，来到五凤楼观看，一见果真如此。纣王一时泪如雨下，他长叹一声下了五凤楼，来到摘星楼。忽然一阵怪风刮来，吹灭了所有的蜡烛。黑暗中，似乎有无数的冤魂伸出手来，扯住纣王的衣袖大喊："还我命来！"

纣王被吓破了胆，大喊："朱升，你在哪里？"

朱升听见纣王呼唤，急忙问："大王有何吩咐？"

纣王说："我后悔不听群臣之言，才导致国破家亡。如今都城即将被攻破，我不愿被擒受辱。你马上把柴薪堆积摘星楼下，我要和这座楼同归于尽。"

朱升听了纣王的话，哭着说："奴才不敢！"

纣王说："这事与你没有关系。你不听我的命令，就是欺君之罪！"朱升没有办法，只好把柴薪堆积在楼下。

纣王穿戴好朝服，手持碧玉圭端坐在摘星楼中。朱升哭着点燃了干柴，立刻火光冲天，将朝歌的夜空映得一片通红。朱升大喊一声："大王！奴才以死报答您的知遇之恩！"说完，纵身跳进

纣王自焚

火海。

姜子牙正和众诸侯商量进攻王宫的事情，左右进来报告："元帅，摘星楼起火了。"姜子牙急忙带领众人出来察看。

武王远远看见火光当中有一个人身穿赭黄衮服[①]，头戴冕旒[②]，手拱碧玉圭[③]，端坐于烟雾之中，问左右说："那烟雾中的是纣王吗？"

众诸侯回答："正是无道昏君。真是自作自受。"武王掩面不忍观看，骑马回营。

姜子牙正要安排众人救火。只听得一声巨响，摘星楼轰然倒塌。纣王瞬间化为灰烬，灵魂飞到了封神台。

---

① 衮服：古代皇帝的礼服。皇帝在祭拜天地、祖宗或者在重大庆典活动时才会穿。

② 冕旒：古代帝王戴的冕冠，顶端有一块叫"延"的长形冕板，延的前后檐垂有多串珠玉。

③ 玉圭：上尖下方的长条形玉石，是古代帝王祭祀时所用的玉制礼器。

九十九 鹿台散财

朝歌城的午门打开了,王宫的侍卫和婢女一齐走出,洒水献花,焚香恭迎武王车驾。

来到九间殿,姜子牙急忙传令士兵救火。武王与众诸侯站在殿中央,看着大殿东边的二十根大铜柱,好奇地问:"这是干什么用的?"姜子牙回答:"这些就是纣王所造的炮烙之刑。"武王震惊,说:"天啊,我现在看着它们都觉得心胆皆裂。纣王真是残忍!"

姜子牙引着武王来到摘星楼下,见虿盆里面蛇蝎上下翻腾,白骨暴露,又见酒池内阴风惨惨,肉林中冷露凄凄。武王问:"这又是什么?"姜子牙解释道:"这是纣王所制的虿盆、肉林、酒池。"武王说:"难怪天下人都反对纣王!"

姜子牙命令士兵寻找纣王的遗骸,予以厚葬。

众诸侯跟着武王上了鹿台,只见上面殿宇巍峨,雕栏玉饰,还有数不尽的金银珠宝。武王叹息道:"纣王穷奢极欲,怎么会不亡国!我们要把鹿台聚积的财宝,分散给诸侯和百姓,开粮仓赈济饥民。"姜子牙说:"大王能这么做,真是社稷之福啊!"

纣王的儿子武庚被押到殿前,众诸侯纷纷上奏请求处死武庚。武王急忙阻止:"不可以杀武庚!纣王的暴行,和武庚有什么关系?我们应该拥立武庚为王。"

姜文焕说:"武王仁德,天下没有人不知道。我们一致拥护武王为国君！"

众诸侯齐声说："姜君侯说得有道理，正符合众人的心意。"

武王说："我何德何能，可以担任国君，只希望能和相父早归故土。"

这时众诸侯一齐上前说："天下刚刚安定，正需要一位君主。大王如果不同意登基，八百镇诸侯联盟就会瓦解，从此天下就再难太平了。"

姜子牙也对武王说："纣王祸乱天下已久，老百姓都希望能过上安定的生活。大王如果推辞不肯登基，恐怕会寒了大家的心。以老臣之见，大王不如先暂代国君一职管理天下，等到有了更合适的人选，您再让贤就可以了。"武王没有办法，只好同意。

姜子牙让人建造了一座祭台，选择黄道吉日请武王上坛祭告天地、祖先，即天子位。从此，周王朝正式建立。

武王登基后，立即传旨大赦天下。他下令将摘星楼的殿阁全部拆毁，把鹿台的财宝散发给诸侯和百姓，释放箕子，重修比干和商容的陵墓，把内宫的人遣散回家。一时间四海齐贺，诸侯们心悦诚服，老百姓都喜笑颜开。

武王在朝歌居住了半月，与群臣商议后，决定让武庚镇守朝歌，派自己的弟弟管叔鲜、蔡叔度监国，自己则率领大军回西岐。武王出城时，朝歌的老百姓纷纷赶来相送，无不大声痛哭。

武王的大军刚到岐山，上大夫散宜生、老将军黄滚早已等候在这里。想到自东征以来，一别五载，武王不禁感慨万千。

次日早朝，姜子牙说："老臣奉天征讨，灭纣兴周。如今大事已定，老臣要辞别陛下，去昆仑山找师父询问封神的事情。"武王点头同意。刚说完，飞廉和恶来带着传国玉玺来投奔武王。武王大喜，封飞廉、恶来为中大夫。

一百 姜子牙封神

姜子牙借土遁来到玉虚宫，向元始天尊报告伐纣兴周的大业已经完成。元始天尊向他表示祝贺，并告诉他，神令不久就会下达。姜子牙听完便告辞回到西岐。

到了封神这一天，只见空中笙簧嘹亮，香气氤氲，旌旗招展，黄巾力士簇拥着白鹤童子来到。白鹤童子手捧神令降临相府，姜子牙恭敬地接过神令，然后借土遁，一阵风似的来到岐山封神台。

姜子牙将神令供奉在香案上，传令武吉、南宫适立起八卦纸幡，率领三千人马分列五个方阵。一切安排妥当后，姜子牙沐浴更衣，来到封神台上。他左手执杏黄旗，右手执打神鞭，站在中央，大喊道："柏鉴把封神榜挂在台下。"

柏鉴领法旨，把封神榜张挂在台下。

诸神一起围观封神榜，只见榜首就是柏鉴。

姜子牙对柏鉴说："柏鉴在征伐蚩尤时不幸死于北海，今天封你为三界首领八部三百六十五位清福正神之职。"

柏鉴在坛下叩头谢恩，然后走到台外，手执百灵幡指挥众神。

姜子牙继续宣读封神榜：

黄天化为三山正神；

黄飞虎、崇黑虎、文聘、崔英和蒋雄五人为五岳之神，其中黄飞虎封为东岳泰山天齐仁圣大帝，总管天地人间吉凶祸福；

闻仲为九天应元雷神普化天尊，率领雷部二十四员催云助雨护法天君；

罗宣为南方三气火德星君正神之职，率领火部五位正神；

吕岳为主管瘟疫的昊天大帝，率领瘟部六位正神；

金灵圣母坐镇斗府，担任坎宫斗母正神之职，负责管理五斗群星，九曜星官，二十八宿，三十六个天罡星，七十二个地煞星；

殷郊为执年岁君太岁之神；

杨任为甲子太岁之神；

王魔四人为镇守灵霄宝殿四圣大元帅；

赵公明为金龙如意正一龙虎玄坛真君之神，率领部下四位财神；

魔家四将担任四大天王之职，护国安民，掌风调雨顺，分别是：增长天王魔礼青、广目天王魔礼红、多闻天王魔礼海、持国天王魔礼寿；

郑伦和陈奇为哼哈二将；

三仙岛云霄、琼霄、碧霄封为感应随世仙姑正神，负责掌管人间的生育；

申公豹担任分水将军之职，执掌东海

……

姜子牙封完三百六十五位正神，又想起飞廉、恶来之前在朝歌迷惑君王，扰乱朝政，陷害忠良，心想不能将他们留在武王身边，于是传令将他们二人斩首。

不一会儿，清福神用幡引飞廉、恶来至坛下。姜子牙说："飞廉、恶来，封你们为冰消瓦解之神，从今以后恪守本职，不得逞凶作恶。"飞廉、恶来连忙叩首谢恩。

姜子牙封完神下台，率领百官回到西岐。李靖、金吒、木吒、哪吒、杨戬、韦护、雷震子七人辞别武王，各自回山修炼，后来都肉身成圣。

武王论功行赏，一共分封了七十二个诸侯国。诸侯国分为公、

封

姜子牙封神

侯、伯、子、男五等,其中比较有名的有:

鲁国——姬姓,侯爵,国君是武王的弟弟周公旦;

齐国——姜姓,侯爵,国君是姜子牙;

燕国——姬姓,伯爵,国君是周王室同姓功臣君奭(shì);

魏国——姬姓,伯爵,国君是周王室同姓功臣毕公高;

晋国——姬姓,侯爵,国君是武王少子唐叔虞;

吴国——姬姓,子爵,国君是周太王长子泰伯的后人;

楚国——芈姓,子爵,国君是帝颛顼的后裔鬻(yù)熊;

秦国——嬴姓,伯爵,国君是帝颛顼的后裔柏翳;

宋国——子姓,公爵,国君是纣王的兄长微子;

高丽国——子姓,国君是纣王的叔叔箕子。

箕子因为不愿意做武王的大臣,带领子孙远走辽东,来到朝鲜半岛建立了朝鲜国。

分封完毕之后,武王对周公旦说:"镐京①是天下的中心,适合当作国都。"于是下令迁都镐京。

后来姜子牙辞别武王,回到自己的封地齐国。他的后代公子小白任用管仲②为相,成为春秋五霸③之一,这就是齐桓公④。到了春秋末年,齐国姜氏被田氏所替代。

武王与成王统治时期,周公旦辅助朝政,海内清平,万民乐业,为周家八百年的基业打下了良好的基础。

---

① 镐京:镐京在西安市长安区的西北方向,是西周时代的首都,又被称为西都。西周末年,迁都洛阳。

② 管仲:史称管子,春秋时期齐国著名的政治家和军事家。他因为辅佐齐桓公成为春秋时期第一霸主,所以被后世称为"春秋第一相"。著有《管子》一书传世。

③ 春秋五霸:指齐桓公、宋襄公、晋文公、秦穆公和楚庄王。另一种说法是齐桓公、晋文公、秦穆公、楚庄王、勾践。

④ 齐桓公:春秋时齐国国君,姜姓,吕氏,名小白。在位期间任用管仲改革,选贤任能,成为春秋时期的第一个霸主。